凱信企管

用對的方法充實自己，
讓人生變得更美好！

凱信企管

用對的方法充實自己，
讓人生變得更美好！

凱信企管

用對的方法充實自己，
讓人生變得更美好！

凱信企管

用對的方法充實自己，
讓人生變得更美好！

實用日語單字

隨行背

フロアスタンド 立燈

テレビ 電視

サンドイッチ 三明治

ダイニングテーブル 餐桌

行動化學習，增速最快！

隨身開本
x
生活單字
x
即聽音檔

せつぬい

使用
說明

最實用、好學的速效日語單字書！

生活單字＋羅馬拼音＋量詞表達＋生動簡單句，
學一次快速記憶，日語口說更流利。

① 單字特性分類一目了然，聯想記憶更容易

全書單字依不同情境分為 40
大種類。看到一個單字出現
時，也可以聯想到同類其他單
字，能加深單字記憶，是最適
合初級學習者使用的單字學習
方式；自學者亦能完美吸收學
習內容，快速並
有效為日語溝通
奠定穩固的單字
基礎。

② 單字的量詞完整示範，單字表達不誤用

表達單字時的量詞示範，在其
他單字書裡極少見，但卻是使
用單字時很重要的關鍵。每一
個單字均完整示範量詞的表示
方式，即使只是使用單字來表
達，都能正確又清楚。

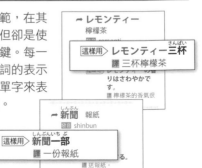

③ 情境撰寫短句，最適切易表達

每個單字刻意以鮮活的實境設計、短句撰寫，不僅能快速有效地理解單字，並能實際靈活運用在日常溝通裡。沒有艱深的例句，學習更有自信也更快速容易開口說日語，即使沒有學過的單字，也能簡單脫口而出。

④ 學習音檔搭配使用，聽說實力俱進

全書單字＋簡單句＋會話語音檔以日籍外師日語發音搭配中文說明，最貼心；即使只是「用聽的」，也能時時學習，同時更充分練習聽力，穩定確實地打下日語「聽、說」基礎。

全書音檔雲端連結

因各家手機系統不同，若無法直接掃描，仍可以至以下電腦雲端連結下載收聽。
（https://tinyurl.com/5n7zdy5f）

じょぶん
作者序

　　不論學習哪一種語言，若只是死記硬背，無法在生活中實際運用，最終只是白白地浪費了大把的時間，著實很可惜啊！因為，學習語言，除了要應付考試之外，最重要的是要能實際使用、靈活運用了。

　　在我教日語這麼長的時間裡我發現，有許多的人在認真的學過了日語 50 音之後，卻在進階學習單字的階段就止步不前了。探究原因，不外乎是因為記單字很無聊，學了又無法在生活中練習應用，於是漸漸地產生疲態，學習動力減弱或慢慢放棄了，結果日語程度一直停留在 50 音。

　　其實學習外語，本身就是一個漸進式的過程，從基礎開始打底，慢慢循序往上累積，沒有捷徑。儘管許多專家都說，想要學好外語，最好能置身當地、被語言環境包圍，才可能學得好。但這對於大部分的人來說，是不可能的任務。

　　那麼，是不是真的就該放棄了呢？

　　當然不是！

　　你一定聽過身邊有不少的例子，沒有出國遊學或留學，但外語能力依然不錯；至少能看懂能溝通，對吧？所以證明了，即使身處國內，只要找對方法，不懈地學習，一定能夠達到基本的溝通水準，讓你出國旅遊不擔心，工作互動沒問題。為了讓讀者學習能夠有興趣，有信心，同時還能達到上

述的目的，因此，我在規劃這本單字書時，希望能夠彌補「日語環境」這一點，所以不論是在選字或句子的設計，都希望讓學習者能夠有「身歷其境」的感受，同時不被艱深的單字例句打擊學習動力。

因此，全書精心挑選了日本人最常用的必備單字，並以情境分類，期望盡量將生活單字一網打盡。如同我當時剛來到台灣一樣，學習中文皆以生活中睜眼所見、觸手可及的人事物為學習重點，如此才能將所學快速地反餽在生活裡，也才真的能內化成為直覺反應，同時擁有成就感，這一點很重要，也是支持學習的動力。我將每一分類場景的必學單字列出，再由字彙延伸出句子的使用方式及簡單會話句，讓你搭配情境練習，加速記下單字和學會短句的應用，同時也針對日文較難掌握的量詞變化問題，以單字為主、量詞為輔的方式，一併學習，在對話時也不會忘記正確的表達方式，學得多更能學得精！

最後，再透過簡短的情境會話，加深單字的運用，亦能同步學習初級日語會話的技巧。另外，透過日籍老師道地口語的語音檔，時時都能創造日語環境，學習能夠更生動。真心希望，這一次能幫助想把日語學好的大家，打好日語單字程度，順利突破盲點，往更高階的日語會話精進。

カタログ

目録

使用說明
作者序

Part 01 音檔雲端連結

因各家手機系統不同，若無法直接掃
描，仍可以至以下電腦雲端連結下載
收聽。

（**https://tinyurl.com/46wweryu**）

Part 1 居家環境

⌒ Unit 01
客廳 リビング

→ **テレビ** 電視

發音 terebi

這樣用 > テレビ一台
譯 一台電視

簡單句 テレビを見る。
譯 看電視。

→ **ソファー** 沙發

發音 sofa-

這樣用 > ソファー二つ
譯 兩張沙發

簡單句 ソファーに座る。
譯 坐沙發。

→ **テーブル** 桌子

發音 te-buru

這樣用 > テーブル三台
譯 三張桌子

簡單句 テーブルの上に林檎がある。
譯 桌子上放著蘋果。

→ **カーペット** 地毯

發音 ka-petto

這樣用 > カーペット一枚
譯 一張地毯

簡單句 カーペットを洗う。
譯 洗地毯。

→ **げた箱** 鞋櫃

發音 getabako

這樣用 > げた箱一つ
譯 一個鞋櫃

簡單句 げた箱は玄関に置いてある。
譯 鞋櫃放在玄關。

→ **電話** 電話

發音 denwa

這樣用 > 電話一台
譯 一支電話

簡單句 電話を掛ける。
譯 打電話。

→ **テレビ台** 電視櫃

發音 terebidai

這樣用 > テレビ台一台
譯 一個電視櫃

簡單句 テレビ台の上に花瓶を置く。
譯 把花瓶放在電視櫃上。

→ **扇風機** 電風扇

發音 senpu-ki

這樣用 **扇風機五台**
譯 五台電風扇

簡單句 **扇風機をつける。**
譯 開電風扇。

→ **時計** 時鐘

發音 toke-

這樣用 **時計一個**
譯 一個時鐘

簡單句 **新しい時計を壁に掛ける。**
譯 把新時鐘掛在牆上。

→ **エアコン** 空調

發音 eakon

這樣用 **エアコン一台**
譯 一台空調

簡單句 **エアコンをつけましょうか。**
譯 開空調吧！

→ **DVD プレーヤー**
DVD 播放器

發音 DVD pure-ya-

這樣用 **DVDプレーヤー一台**
譯 一台DVD播放器

簡單句 **このDVDプレーヤーを買いたい。**
譯 想買這一台DVD播放器。

→ **フロアスタンド**
立燈

發音 furoasutando

這樣用 **フロアスタンド一台**
譯 一座立燈

簡單句 **フロアスタンドが高いです。**
譯 立燈很高。

會話練習 Let's go! 來看看單字如何實際應用，讓生活互動更有趣生動。

☺お客 **すみません、お邪魔します。**

譯 不好意思打擾了。

☺主人 **どうぞお入りください。**

譯 請進請進。

☺お客 **これはお土産です。**

譯 這是伴手禮。

☺主人 **ありがとうございます。**

譯 謝謝。

☺主人 **こちらのソファーにお座りください。水を持ってきます。**

譯 請坐在這邊的沙發，我去倒杯水來。

☺主人 **今日はちょっと暑いでしょう。エアコンをつけましょうか。**

譯 今天有點熱吧，要不要開空調呢？

☺お客 **扇風機でいいです。**

譯 開電風扇就可以了。

☺主人 テレビを<ruby>見<rt>み</rt></ruby>ますか。

譯 要看電視嗎？

☺お<ruby>客<rt>きゃく</rt></ruby> <ruby>結構<rt>けっこう</rt></ruby>です。

譯 不用了。

☺お<ruby>客<rt>きゃく</rt></ruby> あのう、<ruby>電話<rt>でん わ</rt></ruby>を<ruby>借<rt>か</rt></ruby>りたいんですが、いいですか。

譯 不好意思我想跟你借個電話，可以嗎？

☺<ruby>主人<rt>しゅじん</rt></ruby> いいですよ。<ruby>電話<rt>でん わ</rt></ruby>はあそこのテーブルの<ruby>上<rt>うえ</rt></ruby>にあります。

譯 可以啊，電話在那邊的桌子上。

⤳ Unit 02
臥室
ベッドルーム

⟶ 窓　窗戸
發音 mado
這樣用〉**窓一枚**
譯 一扇窗戸
簡單句〉**窓を開ける。**
譯 開窗戶。

⟶ カーテン　窗簾
發音 ka-ten
這樣用〉**カーテン二枚**
譯 兩張窗簾
簡單句〉**このカーテンの色は綺麗です。**
譯 這窗簾的顏色很漂亮。

⟶ ベッド　床
發音 beddo
這樣用〉**ベッド一台**
譯 一張床
簡單句〉**ベッドで寝る。**
譯 在床上睡覺。

⟶ 枕　枕頭
發音 makura
這樣用〉**枕 一個**
譯 一個枕頭
簡單句〉**柔らかい 枕 が好きです。**
譯 喜歡軟的枕頭。

⟶ 布団　被子
發音 futon
這樣用〉**布団一枚**
譯 一條被子
簡單句〉**布団をかけて寝る。**
譯 蓋著被子睡覺。

⟶ ポスター　海報
發音 posuta-
這樣用〉**ポスター三枚**
譯 三張海報
簡單句〉**アイドルのポスターを貼る。**
譯 貼偶像的海報。

→ **チェスト** 五斗櫃

發音 chesuto

這樣用 > チェスト一台
譯 一座五斗櫃

簡單句 チェストが重いです。
譯 五斗櫃很重。

→ **本棚** 書櫃

發音 hondana

這樣用 > 本棚一つ
譯 一個書櫃

簡單句 本棚に漫画を並べる。
譯 把漫畫排在書櫃上。

→ **ドレッサー** 化妝台

發音 doressa-

這樣用 > ドレッサー一台
譯 一個化妝台

簡單句 ドレッサーで化粧する。
譯 在化妝台化妝。

→ **鏡** 鏡子

發音 kagami

這樣用 > 鏡二枚
譯 兩面鏡子

簡單句 鏡が割れた。
譯 鏡子破了。

→ **目覚まし時計** 鬧鐘

發音 mezamashidoke-

這樣用 > 目覚まし時計三つ
譯 三個鬧鐘

簡單句 目覚まし時計を壊した。
譯 把鬧鐘弄壞了。

→ **ぬいぐるみ** 玩偶（填充玩具）

發音 nuigurumi

這樣用 > ぬいぐるみ五つ
譯 五個玩偶

簡單句 ぬいぐるみを沢山買いたいです。
譯 想買很多玩偶。

會話練習

Let's go! 來看看單字如何實際應用，讓生活互動更有趣生動。

☺母 もう7時よ。早く起きなさい。

譯 已經七點了，快點起床囉。

☺娘 目覚まし時計が壊れたのね。遅れちゃう。

譯 鬧鐘壞掉了嗎？這樣我會遲到啦。

☺母 カーテンと窓を開けて。

譯 把窗簾和窗戶打開來。

☺娘 今日はいい天気だね。

譯 今天天氣好好唷。

☺母 枕 、布団を片付けて。

譯 枕頭、被子要整理好。

☺娘 はい。

譯 好。

☺母 早くしなさい。間に合わないよ。

譯 動作快點，不然妳會來不及喔。

☺娘　**お母さん、辞書はどこ？**

譯 媽，我的字典呢？

☺母　**本棚に置いてるじゃない？**

譯 不是放在書櫃裡嗎？

☺母　**ぬいぐるみはなぜここに？今度ちゃんと片付けなさいよ。**

譯 玩偶怎麼會在這兒？下次記得要收好啊。

ᗢ Unit 03
浴室
バスルーム

→ バスタブ 浴缸
發音 basutabu
這樣用 バスタブ一台
譯 一個浴缸
簡單句 この部屋にバスタブがない。
譯 這房間裡沒有浴缸。

→ 入る 泡（澡）
發音 hairu
這樣用 お風呂に入る
譯 泡澡
簡單句 毎日お風呂に入ってから寝る。
譯 每天泡完澡才睡覺。

→ 便座 馬桶
發音 benza
這樣用 便座一台
譯 一個馬桶
簡單句 便座が汚いです。
譯 馬桶很髒。

→ トイレットペーパー 衛生紙
發音 toirettope-pa-
這樣用 トイレットペーパー一枚
譯 一張衛生紙
簡單句 私はトイレットペーパーを買ってくるね。
譯 我去買衛生紙回來喔。

→ 剃刀 刮鬍刀
發音 kamisori
這樣用 剃刀一丁
譯 一支刮鬍刀
簡單句 剃刀でひげを剃る。
譯 用刮鬍刀刮鬍子。

→ 洗面台 洗臉台
發音 senmendai
這樣用 洗面台一台
譯 一座洗臉台
簡單句 洗面台で手を洗う。
譯 在洗臉台洗手。

→ 練り歯磨き 牙膏

也這樣用 ハミガキ

發音 nerihamigaki
　　　(hamigaki)

這樣用〉練り歯磨き一つ
　　譯 一條牙膏

簡單句 練り歯磨きを使い
　　切った。
　　譯 把牙膏用完了。

→ 歯ブラシ　牙刷

發音 haburashi

這樣用〉歯ブラシ一本
　　譯 一支牙刷

簡單句 歯ブラシで歯を磨
　　く。
　　譯 用牙刷刷牙。

→ 洗顔フォーム
　洗面乳

發音 senganfo-mu

這樣用〉洗顔フォーム二つ
　　譯 兩條洗面乳

簡單句 洗顔フォームを選
　　ぶ。
　　譯 選洗面乳。

→ バスタオル　浴巾

發音 basutaoru

這樣用〉バスタオル三枚
　　譯 三條浴巾

簡單句 バスタオルを洗濯
　　する。
　　譯 洗浴巾。

→ タイル　磁磚

發音 tairu

這樣用〉タイル一枚
　　譯 一塊磁磚

簡單句 タイルが割れた。
　　譯 磁磚裂開了。

→ 石鹸　肥皂

發音 sekken

這樣用〉石鹸二個
　　譯 兩塊肥皂

簡單句 この石鹸は肌にや
　　さしいです。
　　譯 這個肥皂對皮膚
　　　很溫和。

會話練習

Let's go! 來看看單字如何實際應用，讓生活互動更有趣生動。

😊父　バスタブでのお風呂は気持ちいいな〜。

譯 用浴缸泡澡真舒服啊〜

😊息子　気持ちいいね〜。

譯 好舒服啊〜

😊父　お風呂に入る前に、石鹸で体をきれいに洗うんだよ。

譯 泡澡前，記得要先用肥皂把身體洗乾淨喔。

😊息子　お父さん、あれは何？

譯 爸爸，那個是什麼？

😊父　あれはかみそり。パパのひげを剃るんだよ。

譯 那個是刮鬍刀，是爸爸拿來刮鬍子的。

😊息子　僕も大きくなったら、ひげがあるの？

譯 那我長大以後也會有鬍子嗎？

😊父　もちろんあるよ。大きくなったらね。

譯 當然有呀，等你長大就會有了。

☺父 寝る前に、歯ブラシに練り歯磨きをつけて、歯を磨くんだよ。

譯 睡覺前，要用<u>牙刷</u>沾點<u>牙膏</u>刷刷牙唷。

☺息子 は～い。

譯 好～。

ᓆ Unit 04
廚房
キッチン

➡ 流_{なが}し台_{だい} 流理台

發音 nagashidai

這樣用 流_{なが}し台_{だい}一台_{いちだい}
譯 一座流理台

簡單句 流_{なが}し台_{だい}を片_{かた}づける。
譯 整理流理台。

➡ 蛇口_{じゃぐち} 水龍頭

發音 jaguchi

這樣用 蛇口_{じゃぐち}一_{ひと}つ
譯 一個水龍頭

簡單句 蛇口_{じゃぐち}を閉_しめる。
譯 關水龍頭。

➡ ミキサー 果汁機

發音 mikisa-

這樣用 ミキサー一台_{いちだい}
譯 一台果汁機

簡單句 ミキサーでジュースを作_{つく}る。
譯 用果汁機做果汁。

➡ 切_きる 切

發音 kiru

這樣用 野菜_{やさい}を切_きる。
譯 切菜

簡單句 爪_{つめ}を切_きる。
譯 剪指甲。

➡ 電子_{でんし}レンジ
微波爐

發音 denshirenji

這樣用 電子_{でんし}レンジ二台_{にだい}
譯 兩台微波爐

簡單句 電子_{でんし}レンジは便利_{べんり}です。
譯 微波爐很方便。

➡ 鍋_{なべ} 鍋子

發音 nabe

這樣用 鍋_{なべ}一_{ひと}つ
譯 一個鍋子

簡單句 鍋料理_{なべりょうり}が好_すきです。
譯 喜歡鍋類料理。

→ **炊飯器** 電鍋

發音 suihanki

這樣用 **炊飯器四台**
譯 四個電鍋

簡單句 **炊飯器でご飯を炊く。**
譯 用電鍋煮飯。

→ **電気ポット**
熱水瓶

發音 denkipotto

這樣用 **電気ポット六台**
譯 六個熱水瓶

簡單句 **電気ポットでお湯を沸かした。**
譯 用熱水瓶煮開熱水。

→ **冷蔵庫** 冰箱

發音 re-zo-ko

這樣用 **冷蔵庫一台**
譯 一台冰箱

簡單句 **果物を冷蔵庫に入れる。**
譯 把水果放進冰箱。

→ **ゴミ箱** 垃圾桶

發音 gomibako

這樣用 **ゴミ箱二つ**
譯 兩個垃圾桶

簡單句 **ゴミをゴミ箱に捨てる。**
譯 把垃圾丟進垃圾桶。

→ **包丁** 菜刀

發音 ho-cho-

這樣用 **包丁一丁**
譯 一把菜刀

簡單句 **包丁で肉を切る。**
譯 用菜刀切肉。

→ **フライパン** 平底鍋

發音 furaipan

這樣用 **フライパン一つ**
譯 一個平底鍋

簡單句 **今日の料理は全部フライパンで作った。**
譯 今天的料理全部都是用平底鍋作的。

會話
練習

Let's go! 來看看單字如何實際應用，
讓生活互動更有趣生動。

☺先生 **みなさん、こんにちは。**
譯 大家午安。

☺學生 **先生、今日はよろしくお願いします。**
譯 老師，今天麻煩您了。

☺先生 **はい。まずは、水で野菜をきれいに洗います。**
譯 好的，首先，用水將蔬菜清洗乾淨。

☺學生 **はい。**
譯 好。

☺先生 **次は包丁で野菜を切ります。**
譯 接下來是拿菜刀切菜。

☺學生 **先生、このように切るのですか。**
譯 老師，是這樣切嗎？

☺先生 **はい、お上手ですね。**
譯 是的，切得很不錯喔。

☺先生 切った野菜を鍋で茹で上げます。

譯 切好的蔬菜用鍋子汆燙。

☺學生 フライパンで炒めてもいいですか。

譯 也可以用平底鍋炒嗎？

☺先生 いいですよ。炒めてもおいしいですよ。

譯 可以呀，用炒的也很好吃唷。

☺先生 最後には、いらないものをゴミ箱に捨てて、流し台をきれいにしてくださいね。

譯 最後，要記得把不要的東西丟到垃圾桶，流理台要清理乾淨喔。

ᕕ Unit 05
餐桌上
ダイニングテーブル

→ 茶碗 （ちゃわん） 碗

發音 chawan

這樣用> 茶碗一つ （ちゃわんひとつ）
譯 一個碗

簡單句 茶碗を割った。（ちゃわん わ）
譯 把碗弄破了。

→ お皿 （さら） 盤子

發音 osara

這樣用> お皿一枚 （さらいちまい）
譯 一個盤子

簡單句 お皿を持ってきて。（さら も）
譯 把盤子拿來。

→ 箸 （はし） 筷子

發音 hashi

這樣用> 箸二本／一膳 （はし にほん いちぜん）
譯 兩支筷子／一雙筷子

簡單句 箸をつける。（はし）
譯 動筷子。

→ コップ
杯子（玻璃杯）

發音 koppu

這樣用> コップ一個 （いっこ）
譯 一個杯子

簡單句 あのコップを見せてください。（み）
譯 請讓我看那個杯子。

→ 肉じゃが （にく）
馬鈴薯燉肉

發音 nikujaga

這樣用> 肉じゃが一皿 （にく ひとさら）
譯 一盤馬鈴薯燉肉

簡單句 肉じゃがが食べたい！（にく た）
譯 想吃馬鈴薯燉肉！

→ サラダ 沙拉

發音 sarada

這樣用> サラダ一皿 （ひとさら）
譯 一盤沙拉

簡單句 サラダが嫌いです。（きら）
譯 討厭沙拉。

→ **ご飯** 白飯
はん

發音 gohan

這樣用 **ご飯一杯**
　　　はんいっぱい
譯 一碗白飯

簡單句 **ご飯を食べたくな**
　　　はん　た
いです。
譯 不想吃白飯。

くだもの
→ **果物** 水果

發音 kudamono

這樣用 **果物三つ**
　　　くだものみっ
譯 三個水果

簡單句 **八百屋で果物を買**
　　　や　お　や　くだもの　か
った。
譯 在蔬果店買了水
　　果。

→ **テーブルクロス**
桌巾

發音 te-burukurosu

這樣用 **テーブルクロス二**
　　　　　　　　　　に
枚
まい
譯 兩條桌巾

簡單句 **このテーブルクロ**
スのデザインはい
いです。
譯 這桌巾的設計很
　　好。

→ **調味料** 調味料
ちょう み りょう

發音 cho-miryo-

這樣用 **調味料一種類**
　　　ちょうみりょういっしゅるい
譯 一種調味料

簡單句 **いろいろな**
調味料をつけ
ちょうみりょう
る。
譯 沾了各種調味
　　料。

→ **スプーン** 湯匙

發音 supu-n

這樣用 **スプーン一本**
　　　　　　　　いっぽん
譯 一支湯匙

簡單句 **スプーンでスープ**
を飲む。
の
譯 用湯匙喝湯。

→ **ダイニングテー**
ブル 餐桌

發音 dainingute-buru

這樣用 **ダイニングテーブ**
ル一台
いちだい
譯 一張餐桌

簡單句 **ダイニングテーブ**
ルを片づけてくだ
かた
さい。
譯 請收拾餐桌。

會話練習 Let's go! 來看看單字如何實際應用，
讓生活互動更有趣生動。

☺ カップル女 **今日はあなたの好きな料理を作ったわよ。**

譯 我今天煮了你最愛吃的菜喔。

☺ カップル男 **本当？何があるの？**

譯 真的嗎？有什麼呢？

☺ カップル女 **肉じゃがとサラダ、それに茶碗蒸しもあるわよ。**

譯 有馬鈴薯燉肉、沙拉，還有茶碗蒸喔。

☺ カップル男 **聞くだけでうまそう。**

譯 光聽就覺得好好吃喔。

☺ カップル女 **はい、おまたせ。どうぞ召し上がれ。**

譯 來，讓你久等了。請慢用。

☺ カップル女 **このお箸、お皿、スプーンを使ってね。**

譯 這雙筷子、盤子、湯匙給你用喔。

☺ カップル男 **わあ～、うまい。調味料なんかいらないな。**

譯 哇～真好吃。都不用再加調味料了。

☺ カップル**男** ご<ruby>飯<rt>はん</rt></ruby>がなくても、これだけでもう
<ruby>満足<rt>まんぞく</rt></ruby>だよ。

譯 不用<u>白飯</u>，光吃這個我就很滿足了。

☺ カップル**女** <ruby>果物<rt>くだもの</rt></ruby>もあるわよ。たくさん<ruby>食<rt>た</rt></ruby>べて
ね。

譯 還有<u>水果</u>喔，要多吃一點唷。

☺ カップル**男** <ruby>幸<rt>しあわ</rt></ruby>せだ～。

譯 我真幸福呀。

Unit 06
和室 和室 (わしつ)

→ **こたつ** 被爐
發音 kotatsu
這樣用 **こたつ一台** (いちだい)
譯 一個被爐
簡單句 **こたつの中に足を入れて暖をとる。** (なか・あし・い・だん)
譯 把腳放在被爐裡取暖。

→ **畳** 榻榻米 (たたみ)
發音 tatami
這樣用 **畳 一畳** (たたみいちじょう)
譯 一塊榻榻米
簡單句 **畳は拭きにくいです。** (たたみ・ふ)
譯 榻榻米很難擦。

→ **座布団** 坐墊 (ざぶとん)
發音 zabuton
這樣用 **座布団一枚** (ざぶとんいちまい)
譯 一個坐墊
簡單句 **猫は座布団で寝ている。** (ねこ・ざぶとん・ね)
譯 貓坐在座墊上睡覺。

→ **卓袱台** 和式圓桌 (ちゃぶだい)
發音 chabudai
這樣用 **卓袱台一台** (ちゃぶだいいちだい)
譯 一張和式圓桌
簡單句 **部屋に卓袱台がある。** (へや・ちゃぶだい)
譯 房間裡有和式圓桌。

→ **抹茶** 抹茶 (まっちゃ)
發音 maccha
這樣用 **抹茶一杯** (まっちゃいっぱい)
譯 一杯抹茶
簡單句 **この抹茶は苦いです。** (まっちゃ・にが)
譯 這杯抹茶很苦。

→ **生け花** 插花 (い・ばな)
發音 ikebana
這樣用 **生け花一杯** (い・ばないっぱい)
譯 一盆插花
簡單句 **生け花を学ぶ。** (い・ばな・まな)
譯 學插花。

→ **縁側** 走廊

發音 engawa

這樣用 **縁側に座ってビールを飲む。**
譯 坐在走廊喝啤酒。

簡單句 **縁側でゴロゴロしたいです。**
譯 想在走廊滾來滾去。

→ **障子** 紙門

發音 sho-ji

這樣用 **障子一枚**
譯 一扇紙門

簡單句 **障子を開けましょうか。**
譯 打開紙門吧。

→ **床の間** 壁龕

發音 tokonoma

這樣用 **床の間一つ**
譯 一個壁龕

簡單句 **床の間を飾る。**
譯 裝飾壁龕。

→ **掛け軸** 掛畫

發音 kakejiku

這樣用 **掛け軸一幅**
譯 一幅掛畫

簡單句 **掛け軸が汚れた。**
譯 掛畫髒了。

→ **押入れ** 壁櫥

發音 oshiire

這樣用 **押入れ一間**
譯 一個壁櫥

簡單句 **ドラえもんはのび太の部屋の押入れに寝ている。**
譯 哆啦A夢在大雄房間的壁櫥裡睡覺。

→ **敷居** 門檻

發音 shikii

這樣用 **敷居に気をつける。**
譯 注意門檻。

簡單句 **敷居が高過ぎる。**
譯 門檻太高了。

Let's go! 來看看單字如何實際應用，讓生活互動更有趣生動。

☺女子A この和室、きれいですね。

譯 這間和室好漂亮喔。

☺女子B そうですね。時々ここで茶道が行われます。

譯 對呀。有時這裡也會舉行茶道。

☺女子A 茶道の作法はとても厳しいと聞きましたけど。

譯 聽說茶道的規定很嚴格？

☺女子B そうですよ。障子を開けるとき、畳に座るときも、厳しい作法があります。

譯 是呀，連開紙門、坐榻榻米，都有嚴格規定呢。

☺女子A 聞くだけで怖いですね。でも、着物を着るのは上品に見えますね。

譯 聽起來就覺得很可怕。不過穿和服感覺很有氣質呢。

☺女子 B 抹茶は少し苦味がありますが、特殊な香りがします。

譯 抹茶雖然有點苦味,但卻有獨特的香氣。

☺女子 A あそこを見て!生け花と掛け軸がありますよ。

譯 你看那邊,有插花還有掛畫耶!

☺女子 B 床の間の飾りはきれいでしょう。

譯 壁龕的擺飾很漂亮吧。

☺女子 A では、ほかのところを見に行きましょう。

譯 嗯,我們去別的地方看看吧。

Part 02 音檔雲端連結

因各家手機系統不同，若無法直接掃描，仍可以至以下電腦雲端連結下載收聽。

（**https://tinyurl.com/538a6f2j**）

Part 2

大眾運輸／交通工具

∽ Unit 01
十字路口
こうさてん
交差点

➡ バス 巴士

發音 basu

這樣用 > バス一台
いちだい

譯 一輛巴士

簡單句 このバスは 表参
おもてさん
道まで行きます
どう い
か。

譯 這輛巴士有到表
參道嗎？

➡ タクシー 計程車

發音 takushi

這樣用 > タクシー一台
いちだい

譯 一輛計程車

簡單句 タクシーが止まっ
と
た。

譯 計程車停了。

➡ トラック 卡車

發音 torakku

這樣用 > トラック一台
いちだい

譯 一輛卡車

簡單句 田中さんはトラッ
たなか
ク運転手です。
うんてんしゅ

譯 田中先生是卡車
司機。

➡ 自動車 汽車
じ どうしゃ

發音 jido-sha

這樣用 > 自動車一台
じ どうしゃいちだい

譯 一輛汽車

簡單句 自動車から降り
じ どうしゃ お
る。

譯 下車。

➡ オートバイ 機車
也這樣用 バイク

發音 o-tobai（baiku）

這樣用 > オートバイ一台
いちだい

譯 一輛機車

簡單句 オートバイに乗
の
る。

譯 騎機車。

➡ **自転車** 脚踏車

發音 jitensha

這樣用 **自転車一台**
譯 一輛自行車

簡單句 **自転車で走る。**
譯 騎自行車。

也這樣用
自転車に乗る。
譯 騎自行車。

➡ **信号** 紅綠燈

發音 shingo-

這樣用 **信号一つ**
譯 一個紅綠燈

簡單句 **信号の前で止めて
くだい。**
譯 請停在紅綠燈
前。

➡ **交通警察官**
交通警察

發音 ko-tsu-ke-satsukan

這樣用 **交通警察官一人**
譯 一個交通警察

簡單句 **ほら！交通警察官
だ！**
譯 看！有交通警
察！

➡ **角（のところ）**
轉角

發音 kado（notokoro）

這樣用 **角（のところ）に
パン屋がありま
す。**
譯 轉角處有一間麵
包店。

簡單句 **角（のところ）で
会いましょうか。**
譯 在轉角處見面
吧。

➡ **横断歩道** 斑馬線

發音 o-danhodo-

這樣用 **横断歩道一つ**
譯 一道斑馬線

簡單句 **横断歩道を渡る。**
譯 穿越斑馬線。

➡ **歩道** 人行道

發音 hodo-

這樣用 **歩道一つ**
譯 一條人行道

簡單句 **この歩道は狭いで
す。**
譯 這個人行道很
窄。

→ 歩行者 行人
ほ こうしゃ

發音 hoko-sha

這樣用 **歩行者二人**
ほ こうしゃ ふた り

譯 兩個行人

簡單句 **秋葉原の歩行者**
あき は ばら ほ こうしゃ
天国が有名です。
てんごく ゆうめい

譯 秋葉原的步行者
天國很有名。

▶▶ **Track 014**

**會話
練習**

Let's go! 來看看單字如何實際應用，
讓生活互動更有趣生動。

☺友人 A **この交差点は車が多いですね。**
ゆうじん こう さ てん くるま おお

譯 這個十字路口車子好多呀。

☺友人 B **そうですね。広いですから、いろいろな車**
ゆうじん ひろ くるま
がここを通っています。
とお

譯 對呀，這路口蠻大的，所以各種車子都會
通過這裡。

☺友人 A **バスやタクシー、自動車、トラック、本当**
ゆうじん じ どうしゃ ほんとう
に多いですね。
おお

譯 有巴士、計程車、汽車、卡車，真的還蠻
多的。

☺友人B　オートバイも多いですから、危ないです。

譯 連機車也很多，好危險。

☺友人A　ほら、あそこで交通警察官が交通整理をしていますよ。

譯 你看，那邊有交通警察在指揮交通耶。

☺友人B　今車が多いですから、渡れません。

譯 現在車太多，不能過去。

☺友人A　今は赤信号なので、もうすこし待ちましょう。

譯 而且現在也是紅燈，我們再等一等吧。

☺友人B　はい。歩行者は歩道を歩いたり、横断歩道を渡ったほうが安全です。

譯 嗯，行人還是要走人行道或是斑馬線才安全。

☺友人A　青信号になりました。さあ、行きましょう。

譯 變綠燈了，那麼我們走吧。

⑥ Unit 02
飛機上
ひ こう き
飛行機

➜ 読^よむ 閱讀

發音 yomu

這樣用▷ 本^{ほん}を読^よむ。

譯 看書。

簡單句 毎朝新聞^{まいあさしんぶん}を読^よんでいる。

譯 每天早上都看報紙。

➜ 窓側^{まどがわ}の席^{せき}
靠窗座位

發音 madogawanoseki

這樣用▷ 窓側^{まどがわ}の席^{せきひと}一つ

譯 一個靠窗座位

簡單句 窓側^{まどがわ}の席^{せき}をお願^{ねが}いします。

譯 請給我靠窗座位。

➜ 通路側^{つうろがわ}の席^{せき}
走道座位

發音 tsu-rogawanoseki

這樣用▷ 通路側^{つうろがわ}の席^{せきひと}一つ

譯 一個走道座位

簡單句 通路側^{つうろがわ}の席^{せき}をお願^{ねが}いします。

譯 請給我走道座位。

➜ 座^{すわ}る 坐

發音 suwaru

這樣用▷ 椅子^{いす}に座^{すわ}る。

譯 坐椅子。

簡單句 ここに座^{すわ}ってください。

譯 請坐在這裡。

➜ 飲^のみ物^{もの} 飲料

發音 nomimono

這樣用▷ 飲^のみ物^{もの}一杯^{いっぱい}

譯 一杯飲料

簡單句 この飲^のみ物^{もの}の名前^{なまえ}を教^{おし}えて下^{くだ}さい。

譯 請告訴我這個飲料的名字。

→ **毛布** もうふ 毛毯

也這樣用 **ブランケット**

發音 mo-fu（buranketto）

這樣用〉**毛布三枚** もうふさんまい

譯 三張毛毯

簡單句 **毛布の生地がいいです。** もうふ きじ

譯 毛毯的材質很好。

→ **荷物** にもつ 行李

發音 nimotsu

這樣用〉**荷物四つ** にもつよっ

譯 四件行李

簡單句 **荷物を持てあげましょうか。** にもつ も

譯 我幫你拿行李吧。

→ **おしぼり** 濕紙巾

發音 oshibori

這樣用〉**おしぼり六枚** ろくまい

譯 六條濕紙巾

簡單句 **おしぼりで手を拭く。** て ふ

譯 用濕紙巾擦手。

→ **トランプ** 撲克牌

發音 toranpu

這樣用〉**トランプ五十二枚** ごじゅうに まい

譯 五十二張撲克牌

簡單句 **トランプの遊び方を教えてください。** あそ かた おし

譯 請教我撲克牌的玩法。

→ **ヘッドフォン** 耳機

發音 heddofon

這樣用〉**ヘッドフォン一つ** ひと

譯 一副耳機

簡單句 **私のヘッドフォンは安いです。** わたし やす

譯 我的耳機很便宜。

→ **アイマスク** 眼罩

發音 aimasuku

這樣用〉**アイマスク二つ** ふた

譯 兩副眼罩

簡單句 **アイマスクを掛ける。** か

譯 戴眼罩。

➜ 客室乗務員
きゃくしつじょう む いん

空服員

發音 kyakushitsujo-muin

這樣用 客室乗務員三人
きゃくしつじょう む いんさんにん

譯 三個空服員

簡單句 客室乗務員になりたがっています。
きゃくしつじょう む いん

譯 想當空服員。

▶▶ Track 016

會話練習

Let's go! 來看看單字如何實際應用，
讓生活互動更有趣生動。

☺ 客室乗務員 おはようございます。お客様の席は
きゃくしつじょう む いん　　　　　　　　　　　　　　　　きゃくさま　せき
窓側の席でございます。
まどがわ　せき

譯 早安！這位乘客您的座位是靠窗座位。

☺ 乗客A 新聞を読みたいんですが、朝日新聞をく
じょうきゃく　しんぶん　よ　　　　　　　あさ ひ しんぶん
ださいませんか。

譯 我想看報紙，可以給我朝日新聞嗎？

☺ 客室乗務員 はい。どうぞ。
きゃくしつじょう む いん

譯 好的。這是給您的。

☺ 客室乗務員 お席に座った後は、シートベルトの
ご着用をお願いいたします。

譯 坐好後，請繫上您的安全帶。

☺ 客室乗務員 荷物は座席の下、または上の共用
収納棚のご利用をお願いいたしま
す。

譯 行李請放至座位下方，或是請利用
上方的共用收納層。

☺ 乗客B あのう、すみません。アイマスクとブラ
ンケットはありますか。

譯 不好意思，請問有眼罩和毛毯嗎？

☺ 客室乗務員 はい、ございます。すぐお持ちいたし
ますので、少々お待ちください。

譯 有的，我馬上拿來，請您稍候。

☺ 客室乗務員 お飲み物はいかがですか。紅茶かコー
ヒーはいかがですか。

譯 要喝點飲料嗎？紅茶或者咖啡怎麼
樣呢？

☺ 乗客C コーヒーをください。

譯 請給我咖啡。

⌒ Unit 03
車站 駅（えき）

→ 駅（えき）車站
發音 eki
這樣用〉駅一つ（えきひと）
　　譯 一個車站

簡單句 東京駅（とうきょうえき）から
新幹線（しんかんせん）に乗（の）る。
譯 從東京站開始搭新幹線。

→ 切符売り場（きっぷうりば）
售票處
發音 kippuuriba
這樣用〉切符売り場一つ（きっぷうりばひと）
譯 一個售票處

簡單句 切符売り場（きっぷうりば）で切符（きっぷ）
を買（か）った。
譯 在售票處買了票。

→ コインロッカー
寄物櫃
發音 koinrokka-
這樣用〉コインロッカー九（ここの）
つ
譯 九個寄物櫃

簡單句 コインロッカーに
荷物（にもつ）を預（あず）た。
譯 我把行李放在寄物櫃裡。

→ ホーム　月台
發音 ho-mu
這樣用〉ホーム一本（いっぽん）
譯 一個月台
簡單句 ホームで友達（ともだち）を待（ま）った。
譯 在月台等朋友。

→ レール　鐵軌
發音 re-ru
這樣用〉レール一本（いっぽん）
譯 一條鐵軌
簡單句 このレールの長（なが）さは1000メートルです。
譯 這鐵軌的長度是1000公尺。

➡ **改札口** 剪票口

發音 kaisatsuguchi

這樣用〉**改札口三つ**

譯 三個剪票口

簡單句 **切符を切る所を改札口と呼ぶ。**

譯 剪票的地方叫做剪票口。

➡ **駅員** 站員

發音 ekiin

這樣用〉**駅員一人**

譯 一個站員

簡單句 **駅員に尋ねる。**

譯 詢問站員。

➡ **路線図** 路線圖

發音 rosenzu

這樣用〉**路線図一枚**

譯 一張路線圖

簡單句 **路線図はネットで見ることができる。**

譯 可以在網路上看路線圖。

➡ **時刻表** 時刻表

發音 jikokuhyo-

這樣用〉**時刻表二枚**

譯 兩張時刻表

簡單句 **時刻表で調べる。**

譯 查時刻表。

➡ **自動券売機** 自動售票機

發音 jido-kenbaiki

這樣用〉**自動券売機五台**

譯 五台自動售票機

簡單句 **自動券売機で切符を買う。**

譯 用自動售票機買票。

➡ **買う** 買

發音 kau

這樣用〉**これを買う。**

譯 買這個。

簡單句 **昨日辞書を買った。**

譯 昨天買了字典。

049

→ **待合室** 候車室
まちあいしつ

發音 machiaishitsu

這樣用〉**待合室一室**
まちあいしついっしつ

譯 一間候車室

簡單句〉**待合室でタバコを**
まちあいしつ
吸わないでくださ
す
い。

譯 請不要在候車室
吸菸。

▶ Track 018

會話練習 Let's go! 來看看單字如何實際應用，
讓生活互動更有趣生動。

☺観光客 A **日本の電車路線はとても複雑ですね。**
かんこうきゃく にほん でんしゃろせん ふくざつ

譯 日本的電車路線好複雜喔。

☺観光客 B **そうですね。路線図を持っていても、ど**
かんこうきゃく ろせんず も
う乗るか全然分かりません。
の ぜんぜんわ

譯 對呀，就算有了路線圖，還是不知道該
怎麼搭。

☺観光客 A **まずは時刻表を確認しましょうか。**
かんこうきゃく じこくひょう かくにん

譯 我們先確認一下時刻表好了。

☺観光客 B **浅草行きの電車は 9 時 10 分発です。**

譯 到淺草的電車是 9 點 10 分出發。

☺観光客 A **ここに自動券売機があります。これを使って切符を買いましょう。**

譯 這邊有自動售票機，我們用這個買票吧。

☺観光客 B **買いました。じゃあ、改札口から入りましょう。**

譯 買好了，我們從剪票口進去吧。

☺観光客 A **何番ホームですか。**

譯 是第幾月台呢？

☺観光客 B **1番ホームです。**

譯 是第一月台。

☺観光客 A **駅の中に売店がありますね。**

譯 車站裡面有小商店耶。

☺観光客 B **飲み物を買いに行きましょう。**

譯 我們去買個喝的吧。

🔊 Unit 04
電車上 <ruby>電車<rt>でんしゃ</rt></ruby>

→ **<ruby>手<rt>て</rt></ruby>すり** 扶手

發音 tesuri

這樣用 <ruby>手<rt>て</rt></ruby>すり<ruby>一本<rt>いっぽん</rt></ruby>
譯 一根扶手

簡單句 <ruby>手<rt>て</rt></ruby>すりを<ruby>握<rt>にぎ</rt></ruby>る。
譯 握住扶手。

→ **<ruby>席<rt>せき</rt></ruby>** 座位

發音 seki

這樣用 <ruby>席<rt>せき</rt></ruby><ruby>一<rt>ひと</rt></ruby>つ
譯 一個座位

簡單句 <ruby>部長<rt>ぶちょう</rt></ruby>は<ruby>席<rt>せき</rt></ruby>を<ruby>外<rt>はず</rt></ruby>している。
譯 部長現在不在座位上。

→ **<ruby>乗客<rt>じょうきゃく</rt></ruby>** 乘客

發音 jo-kyaku

這樣用 <ruby>乗客<rt>じょうきゃく</rt></ruby><ruby>一人<rt>ひとり</rt></ruby>
譯 一個乘客

簡單句 <ruby>隣<rt>となり</rt></ruby>の<ruby>乗客<rt>じょうきゃく</rt></ruby>と<ruby>話<rt>はな</rt></ruby>す。
譯 和隔壁的乘客説話。

→ **ドア** 車門

發音 doa

這樣用 ドア<ruby>一枚<rt>いちまい</rt></ruby>
譯 一扇車門

簡單句 これは<ruby>自動<rt>じどう</rt></ruby>ドアです。
譯 這是自動門。

→ **<ruby>切符<rt>きっぷ</rt></ruby>** 車票

發音 kippu

這樣用 <ruby>切符<rt>きっぷ</rt></ruby><ruby>七枚<rt>ななまい</rt></ruby>
譯 七張車票

簡單句 <ruby>切符<rt>きっぷ</rt></ruby>は1200<ruby>円<rt>えん</rt></ruby>です。
譯 車票是1200日圓。

→ **<ruby>非常口<rt>ひじょうぐち</rt></ruby>** 逃生出口

發音 hijo-guchi

這樣用 <ruby>非常口<rt>ひじょうぐち</rt></ruby><ruby>三<rt>みっ</rt></ruby>つ
譯 三個逃生出口

簡單句 <ruby>非常口<rt>ひじょうぐち</rt></ruby>はどこですか？
譯 逃生出口在哪裡？

→ **風景** 風景

發音 fu-ke-

這樣用 **風景を見る。**
譯 看風景。

簡單句 **外の風景は美しいです。**
譯 外面的風景很美。

→ **荷物棚** 行李架

也這樣用 **網棚**

發音 nimotsudana
（amidana）

這樣用 **荷物棚二つ**
譯 兩個行李架

簡單句 **荷物を荷物棚に置く。**
譯 把行李放在行李架。

→ **シルバー席**
博愛座

也這樣用 **シルバーシート**

發音 shiruba-seki
（shiru-shi-to）

這樣用 **シルバー席四つ**
譯 四個博愛座

簡單句 **シルバー席に座らないでください。**
譯 請不要坐博愛座。

→ **車内案内表示機**
LED 跑馬燈

發音 shanaiannaihyo-jiki

這樣用 **車内案内表示機二台**
譯 兩台LED跑馬燈

簡單句 **車内案内表示機を見る。**
譯 看LED跑馬燈。

→ **車掌** 車掌

發音 shasho-

這樣用 **車掌一人**
譯 一個車掌

簡單句 **車掌に聞く。**
譯 問車掌。

→ **吊り革** 拉環

發音 tsurikawa

這樣用 **吊り革一つ**
譯 一個拉環

簡單句 **吊り革を握って立ってる。**
譯 握著拉環站著。

會話練習 Let's go! 來看看單字如何實際應用，讓生活互動更有趣生動。

☺ 観光客 A　空いている 席がありますね。あそこに座りましょう。

譯 有空的座位耶，我們去坐那邊吧。

☺ 観光客 B　あれはシルバー席です。座らないほうがいいですよ。

譯 那個是博愛座，我們不要坐比較好喔。

☺ 観光客 A　そうですか。では、立つしかありませんね。

譯 這樣呀，那我們就只好站著了。

☺ 観光客 A　私たちのリュックは荷物棚に置いてもいいですか。

譯 我們的背包可以放在行李架上嗎？

☺ 観光客 B　いいですよ。

譯 可以呀。

☺ 観光客 A　窓から見える風景はきれいですね。

譯 窗戶看出去的風景真漂亮呀。

☺観光客B ドアの近くに立つ時は、気をつけてね。

譯 站在<u>車門</u>邊要小心喔。

☺観光客A 乗客がどんどん多くなって、車内は狭くなりました。

譯 <u>乘客</u>越來越多了，車內變好擠。

☺観光客A 車内案内表示機に次は浅草だと表示されていますよ。

譯 <u>跑馬燈</u>上顯示下一站是淺草耶。

☺観光客B では、そろそろ降りる準備をしましょう。

譯 那麼，我們差不多準備要下車了。

Part 03 音檔雲端連結

因各家手機系統不同，若無法直接掃描，仍可以至以下電腦雲端連結下載收聽。

（**https://tinyurl.com/2juw839f**）

Part 3

餐飲／
美食

餐飲／
美食

⟿ Unit 01
飯店早餐
ホテルの朝食

→ **パンケーキ** 鬆餅

発音 panke-ki

這樣用 > **パンケーキ一つ**
譯 一個鬆餅

簡單句 **パンケーキとはフライパンで両面を焼いた料理です。**
譯 鬆餅是用平底鍋兩面煎而成的料理。

→ **ミルクティー**
奶茶

発音 mirukuti-

這樣用 > **ミルクティー一杯**
譯 一杯奶茶

簡單句 **このミルクティーは甘いです。**
譯 這奶茶很甜。

→ **サンドイッチ**
三明治

発音 sandoicchi

這樣用 > **サンドイッチ二つ**
譯 兩個三明治

簡單句 **今日の朝食はサンドイッチです。**
譯 今天早餐吃三明治。

→ **豆乳** 豆漿

発音 to-nyu-

這樣用 > **豆乳二杯**
譯 兩杯豆漿

簡單句 **豆乳はからだにいい飲み物です。**
譯 豆漿是對身體很好的飲料。

→ **食べる** 吃

発音 taberu

這樣用 **お菓子を食べる。**
譯 吃零食。

簡單句 **お菓子を食べない。**
譯 不吃零食。

→ **ベーグル**　貝果

発音 be-guru

這樣用 **ベーグル三つ**
　　　訳 三個貝果

簡単句 **苺ベーグルがお
いしいです。**
　訳 草莓貝果很好
　　吃。

→ **ソーセージ**　熱狗

発音 so-se-ji

這樣用 **ソーセージ一本**
　　　訳 一根熱狗

簡単句 **このソーセージは
ちょっと辛いで
す。**
　訳 這熱狗有點辣。

→ **ベーコン**　培根

発音 be-kon

這樣用 **ベーコン五枚**
　　　訳 五片培根

簡単句 **ベーコンを焼くと
油が飛び散る。**
　訳 煎培根時油會四
　　處飛散。

→ **目玉焼き**　荷包蛋

発音 medamayaki

這樣用 **目玉焼き六つ**
　　　訳 六顆荷包蛋

簡単句 **目玉焼きに醤油
をかける。**
　訳 在荷包蛋上加醬
　　油。

→ **コーンフレーク**
穀片

発音 ko-nfure-ku

這樣用 **コーンフレーク
三杯**
　　　訳 三杯穀片

簡単句 **コーンフレーク
は牛乳や豆乳
をかければすぐに
食べることができ
る。**
　訳 穀片加了牛奶或
　　豆漿後就可以馬
　　上吃了。

→ ハム 火腿

發音 hamu

這樣用 **ハム一枚**
　　　譯 一片火腿

簡單句 **これは燻製ハムで
す。**
　　　譯 這是煙燻火腿。

→ ジュース 果汁

發音 ju-su

這樣用 **ジュース四杯**
　　　譯 四杯果汁

簡單句 **ジュースとは果物
や野菜の汁のこと
です。**
　　　譯 果汁指的是水果
或蔬菜汁。

▶ Track 022

會話
練習

Let's go! 來看看單字如何實際應用，
讓生活互動更有趣生動。

☺観光客 A **おはようございます。**
　　　　譯 早安。

☺観光客 B **おはよう。昨日はよく眠れましたか。**
　　　　譯 早。昨晚有睡好嗎？

☺観光客 A **はい、昨日寝る前にお風呂に入りました
　　　　ので、よく眠れました。**
　　　　譯 嗯，昨晚睡前有去泡個澡，所以睡得很
　　　　好。

☺観光客 B さあ、一緒に朝食を食べに行きましょう。このホテルの朝食はビュッフェ形式です。

　譯 那麼我們一起去吃早餐吧。這間飯店的早餐是採自助式的。

☺観光客 A わあ、料理とジュースの種類が多いですね。

　譯 哇，料理和果汁的種類好多喔。

☺コック 卵 はどのように 料理しましょうか。

　譯 請問您想怎麼料理雞蛋？

☺観光客 B 目玉焼きにしてください。

　譯 請幫我做成荷包蛋。

☺観光客 A パンケーキ、ベーグル、ソーセージ、ハム、全部取りたいです。

　譯 鬆餅、貝果、熱狗、火腿，我想要全部都拿。

☺観光客 B たくさん取らないようにね、食べ終わってからまた取ればいいですよ。

　譯 東西不要一次拿太多，吃完再拿就好了。

Unit 02
速食店
ファーストフード

→ 飲む<ruby>の<rt></rt></ruby> 喝

發音 nomu

這樣用 お茶を飲む。
譯 喝茶。

簡單句 緑茶を飲む。
譯 喝綠茶。

→ コーラ 可樂

發音 ko-ra

這樣用 コーラ一本
譯 一瓶可樂

簡單句 コーラは炭酸飲料 です。
譯 可樂是碳酸飲料。

→ フライドポテト
薯條

發音 furaidopoteto

這樣用 フライドポテト二本
譯 兩根薯條

簡單句 フライドポテトを食べすぎて、太った。
譯 吃太多薯條變胖了。

→ バーガー
漢堡（點バーガー通常前面會加上口味）

也這樣用 ハンバーガー

發音 ba-ga- (hanba-ga)

這樣用 バーガー一つ
譯 一個漢堡

簡單句 チーズバーガーを一つください。
譯 請給我一個起司漢堡。

→ チキンナゲット
雞塊

發音 chikinnagetto

這樣用 チキンナゲット六個
譯 六塊雞塊

簡單句 チキンナゲットは大人にも子供にも大人気です。
譯 雞塊在大人和小孩中都很有人氣。

➡ フライドチキン

炸雞

發音 furaidochikin

這樣用 フライドチキン三つ

譯 三塊炸雞

簡單句 この店の人気メニューはフライドチキンです。

譯 這家店的人氣菜單是炸雞。

➡ アップルパイ

蘋果派

發音 appurupai

這樣用 アップルパイ四つ

譯 四個蘋果派

簡單句 アップルパイは林檎を包んだパイです。

譯 蘋果派是包蘋果的派。

➡ サンデー 聖代

發音 sande-

這樣用 サンデー八つ

譯 八份聖代

簡單句 チョコレートサンデーとイチゴサンデーと、どちらが好きですか。

譯 巧克力聖代和草莓聖代，喜歡哪個呢？

➡ ソフトクリーム

雙淇淋

發音 sofutokuri-mu

這樣用 ソフトクリーム九つ

譯 九根霜淇淋

簡單句 ソフトクリームは濃厚でおいしいですね。

譯 霜淇淋味道濃厚很好吃耶。

→ レモンティー
檸檬茶

發音 remonti-

這樣用> **レモンティー三杯**
さんばい
譯 三杯檸檬茶

簡單句 **レモンティーの香**
かお
りはさわやかで
す。
譯 檸檬茶的香氣很
清爽。

→ 店員 店員
てんいん

發音 tenin

這樣用> **店員一人**
てんいんひとり
譯 一個店員

簡單句 **お店に親切な店員**
みせ しんせつ てんいん
がいます。
譯 店裡有很親切的
店員。

→ レジ 收銀機

發音 reji

這樣用> **レジ一台**
いちだい
譯 一台收銀機

簡單句 **レジが開かない。**
あ
譯 收銀機打不開。

會話
練習

Let's go! 來看看單字如何實際應用，
讓生活互動更有趣生動。

☺店員 **いらっしゃいませ。ご注文は？**
譯 歡迎光臨。請問要點什麼？

☺お客 **ダブルクォーターパウンダー・チーズをひ
とつください。**
譯 我想要一個雙層牛肉吉事堡。

☺店員 **セットでいかがですか。**
譯 您要不要參考套餐呢？

☺お客 **セットには何がついていますか。**
譯 套餐有附什麼？

☺店員 **セットにはバーガー、フライドポテトMサ
イズとドリンクMサイズがついています。**
譯 套餐是一個漢堡，還有一份中薯及一杯中杯
飲料。

☺お客 **値段はそれぞれいくらですか。**
譯 那價錢各是多少？

☺店員 **単品は 490 円で、セットは 790 円となり
ます。**
譯 單點是 490 日圓，套餐是 790 日圓。

☺お客 じゃあ、セットでお願いします。
譯 那請給我套餐。

☺店員 はい。お飲み物は何になさいますか。
譯 好的，那請問飲料要喝哪一種？

☺お客 コーラーです。
譯 我要<u>可樂</u>。

☺店員 ほかにご注文はございますか。
譯 還有需要什麼嗎？

☺お客 えっと、ソフトクリームひとつと、アップ
ルパイひとつ、あとはチョコレートサンデ
ーひとつです。
譯 嗯，我還要一個<u>霜淇淋</u>、蘋果派、<u>巧克力聖</u>
<u>代</u>。

☺店員 かしこまりました。それでは、全部で
1140円でございます。
譯 好的，這樣一共是 1140 日圓。

↶ Unit 03
餐廳 レストラン

→ **注文する** 點菜
ちゅうもん
發音 chu-monsuru

這樣用 ▷ レストランで注
文する。
ちゅう もん
譯 在餐廳點菜。

簡單句 ご注文はお決まり
ちゅうもん き
ですか。
譯 決定要點什麼了
嗎？

→ **メニュー** 菜單
發音 menyu-

這樣用 ▷ メニュー一枚
いちまい
譯 一張菜單

簡單句 最も好きな夕食の
もっと す ゆうしょく
メニューは何で
なん
すか。
譯 最喜歡的晚餐菜
色是什麼？

→ **フォーク** 叉子
發音 fo-ku

這樣用 ▷ フォーク一本
いっぽん
譯 一支叉子

簡單句 フォークが落ち
お
た。
譯 叉子掉了。

→ **ナイフ** 刀子
發音 naifu

這樣用 ▷ ナイフ二本
に ほん
譯 兩把刀子

簡單句 ナイフを並べる。
なら
譯 排刀子。

→ **ナプキン** 餐巾
發音 napukin

這樣用 ▷ ナプキン三枚
さんまい
譯 三張餐巾

簡單句 ナプキンを折り畳
お たた
む。
譯 折餐巾。

➡ **ウェイター** 服務生

發音 weita-

這樣用 ウェイター一人(ひとり)
譯 一個服務生

簡單句 ウェイターを呼(よ)ぶ。
譯 叫服務生。

➡ **ビスク** 濃湯

發音 bisuku

這樣用 ビスク一杯(いっぱい)
譯 一碗濃湯

簡單句 蟹(かに)のビスクを作(つく)ってみた。
譯 試做了蟹肉濃湯。

➡ **パンバスケット** 麵包籃

發音 panbasuketto

這樣用 パンバスケット三(みっ)つ
譯 三個麵包籃

簡單句 かわいいパンバスケットを購入(こうにゅう)した。
譯 買了可愛的麵包籃。

➡ **ゴブレット** 高腳杯

發音 goburetto

這樣用 ゴブレット七(なな)つ
譯 七個高腳杯

簡單句 これは耐熱(たいねつ)ゴブレットガラスです。
譯 這是耐熱的玻璃高腳杯。

➡ **ワイン** 葡萄酒

發音 wain

這樣用 ワイン一本(いっぽん)
譯 一瓶葡萄酒

簡單句 赤(あか)ワインと白(しろ)ワインの違(ちが)いを教(おし)えてください。
譯 請告訴我紅酒和白酒的差別。

➡ **ケチャップ** 番茄醬

發音 kechappu

這樣用 ケチャップ三本(さんぼん)
譯 三瓶番茄醬

簡單句 コロッケにケチャップをかける。
譯 在可樂餅上加番茄醬。

→ ステーキ　牛排

發音 sute-ki

這樣用 ステーキ一つ

譯 一客牛排

簡單句 ステーキの焼き加減はどうされますか。

譯 牛排的熟度要怎麼樣呢？

會話練習

Let's go! 來看看單字如何實際應用，讓生活互動更有趣生動。

☺ ウェイター いらっしゃいませ。何名様ですか。

譯 歡迎光臨。請問幾位呢？

☺ カップル男 二人です。

譯 兩位。

☺ ウェイター はい、お席へご案内いたします。どうぞこちらへ。

譯 好的，我來帶位。請往這兒走。

☺ ウェイター こちらはメニューでございます。ご注文はお決まりでしょうか。

譯 這是菜單。請問兩位決定要點些什麼了嗎？

☺ カップル男 ステーキを二人前ください。

譯 請給我兩份牛排。

☺ ウェイター はい、少々お待ちください。すぐお料理をお持ちいたします。

譯 好的，請稍後，馬上為您送來料理。

☺ ウェイター **こちらはビスクでございます。どう
ぞごゆっくり。**

譯 這是<u>濃湯</u>，請慢用。

☺ カップル<ruby>女<rt>おんな</rt></ruby> **テーブルにフォークとナイフがたくさ
んありますね。どう<ruby>使<rt>つか</rt></ruby>えばいいんです
か。**

譯 桌上好多<u>刀叉</u>呀。要怎麼使用呢？

☺ カップル<ruby>男<rt>おとこ</rt></ruby> <ruby>基<rt>き</rt></ruby><ruby>本<rt>ほん</rt></ruby><ruby>的<rt>てき</rt></ruby>**には<ruby>外<rt>そと</rt></ruby>から<ruby>中<rt>なか</rt></ruby>へ<ruby>順<rt>じゅん</rt></ruby><ruby>番<rt>ばん</rt></ruby>に<ruby>使<rt>つか</rt></ruby>えばい
いです。 <ruby>左<rt>ひだり</rt></ruby><ruby>手<rt>て</rt></ruby>はフォーク、<ruby>右<rt>みぎ</rt></ruby><ruby>手<rt>て</rt></ruby>はナ
イフです。**

譯 基本上由外向內依序使用就可以了，
左手是<u>叉子</u>，右手是<u>刀子</u>。

☺ ウェイター **お<ruby>待<rt>ま</rt></ruby>たせいたしました。ご<ruby>注<rt>ちゅう</rt></ruby><ruby>文<rt>もん</rt></ruby>のス
テーキでございます。**

譯 讓您久等了，這是二位點的牛排。

〰 Unit 04
麺包店 パン屋^や

→ パン屋^や　麺包店

発音 panya

這樣用 > パン屋一軒^{や いっけん}
譯 一間麺包店

簡單句 パン屋が閉店しました。^{や へいてん}
譯 麺包店關門了。

→ クロワッサン
牛角麺包

発音 kurowassan

這樣用 > クロワッサン一個^{いっこ}
譯 一個牛角麺包

簡單句 クロワッサンをちぎる。
譯 把牛角麺包撕成小塊。

→ 食パン^{しょく}　吐司

発音 shokupan

這樣用 食パン一斤^{しょく いっきん}
譯 一條吐司

簡單句 食パンを袋に入れる。^{しょく ふくろ い}
譯 把吐司放進袋子裡。

→ 焼きそばパン^や
炒麺麺包

発音 yakisobapan

這樣用 > 焼きそばパン一個^{や いっこ}
譯 一個炒麺麺包

簡單句 焼きそばパンはパンにソース焼きそばを挟んだパンです。^{や や はさ}
譯 炒麺麺包是在麺包裡夾入炒麺的麺包。

→ カレーパン
咖哩麺包

発音 kare-pan

這樣用 > カレーパン一個^{いっこ}
譯 一個咖哩麺包

簡單句 このカレーパンは不味いです。^{まず}
譯 這個咖哩麺包不好吃。

→ 餡パン^{あん}　豆沙麺包

発音 anpan

這樣用 > 餡パン一個^{あん いっこ}
譯 一個豆沙麺包

簡單句 餡パンの餡の種類はいっぱいある。^{あん あん しゅるい}
譯 豆沙麺包的餡有很多種類。

➡ **カツパン**

猪排麵包

發音 katsupan

這樣用 **カツパン一個**
譯 一個猪排麵包

簡單句 **このカツパンはで
かいです。**
譯 這個猪排麵包很
大。

➡ **ホットドッグ**

熱狗麵包

發音 hottodoggu

這樣用 **ホットドッグ一個**
譯 一個熱狗麵包

簡單句 **ホットドッグ大食
い大会に参加し
た。**
譯 參加了熱狗麵包
大胃王比賽。

➡ **コロッケパン**

炸肉餅麵包

發音 korokkenpan

這樣用 **コロッケパン一個**
譯 一個炸肉餅麵包

簡單句 **このコロッケパン
はすごく旨いで
す。**
譯 這個炸肉餅麵包
非常好吃。

➡ **トング** 夾子

發音 tongu

這樣用 **トング一つ**
譯 一支夾子

簡單句 **トングでパンを挟
む。**
譯 用夾子夾麵包。

➡ **トレイ** 托盤

發音 tore-

這樣用 **トレイ二つ**
譯 兩個托盤

簡單句 **パンをトレイに載
せる。**
譯 把麵包放在托盤
上。

➡ **紙袋** 紙袋

發音 kamibukuro

這樣用 **紙袋一つ**
譯 一個紙袋

簡單句 **紙袋が破れた。**
譯 紙袋破了。

會話練習

Let's go! 來看看單字如何實際應用，讓生活互動更有趣生動。

☺主婦A こんにちは。パンを買いに来たんですか。

譯 午安，你也來買麵包呀？

☺主婦B はい。ちょうど焼きあがる時間なので、寄ってみました。

譯 是呀，因為剛好是出爐的時間，所以我順道過來看看。

☺主婦A このトレイとトングをどうぞ。

譯 這個托盤跟夾子給妳。

☺主婦B どうもすみません。

譯 不好意思。

☺主婦A 息子はパンが好きで、特に餡パンが大好きなんです。

譯 我兒子很愛麵包，他最喜歡吃豆沙麵包了。

☺主婦B そうですか。うちの子たちは焼きそばパンが好きです。

譯 是喔，我家小孩們喜歡吃炒麵麵包。

☺主婦 B **この食パンはおいしそうですね。**
　　　譯 這個吐司看起來蠻好吃的。

☺主婦 A **このパン屋はとても有名で、みんなよく ここへ買いに来ているんですよ。**
　　　譯 這家麵包店很有名，大家常常來這裡買。

☺主婦 A **クロワッサンとカレーパンも買いましょ う。**
　　　譯 牛角麵包還有咖哩麵包也一起買好了。

☺主婦 B **どちらもおいしそうですね。**
　　　譯 每一個看起來都好好吃呀。

Unit 05
露天咖啡座
カフェ

→ パラソル　遮陽傘

發音 parasoru

這樣用 ▷ パラソル一本
　　　譯 一把遮陽傘

簡單句 ▷ パラソルを差す。
　　　譯 撐陽傘。

→ コーヒー　咖啡

發音 ko-hi-

這樣用 ▷ コーヒー一杯
　　　譯 一杯咖啡

簡單句 ▷ コーヒーを入れ
　　　る。
　　　譯 煮咖啡。

→ 灰皿　菸灰缸

發音 haizara

這樣用 ▷ 灰皿一個
　　　譯 一個菸灰缸

簡單句 ▷ 灰皿を使う。
　　　譯 用菸灰缸。

→ 吸う　抽（菸）

發音 suu

這樣用 ▷ タバコを吸う。
　　　譯 抽菸。

簡單句 ▷ ここでタバコを吸
　　　わないでくださ
　　　い。
　　　譯 請不要在這裡抽
　　　菸。

→ ドーナツ　甜甜圈

發音 do-natsu

這樣用 ▷ ドーナツ一つ
　　　譯 一個甜甜圈

簡單句 ▷ ドーナツの種類が
　　　沢山ある。
　　　譯 甜甜圈的種類有
　　　很多種。

→ ケーキ　蛋糕

發音 ke-ki

這樣用 ▷ ケーキ三つ
　　　譯 三塊蛋糕

簡單句 ▷ ケーキをきれいに
　　　切る。
　　　譯 把蛋糕切得很漂
　　　亮。

➡ **砂糖** 砂糖

發音 sato-

這樣用 〉 **砂糖一袋**
譯 一包砂糖

簡單句 **砂糖を入れる。**
譯 加砂糖。

➡ **ミルク** 牛奶

發音 miruku

這樣用 〉 **ミルク一杯**
譯 一杯牛奶

簡單句 **ミルクが飲みたいです。**
譯 想喝牛奶。

➡ **かき混ぜ棒**
攪拌棒

也這樣用 **マドラー**

發音 kakimazebo-
（madora-）

這樣用 〉 **かき混ぜ棒一本**
譯 一根攪拌棒

簡單句 **かき混ぜ棒が折れた。**
譯 攪拌棒斷掉了。

➡ **ソーサー** 咖啡盤

發音 so-sa-

這樣用 〉 **ソーサー一枚**
譯 一個咖啡盤

簡單句 **ソーサーとは、カップの下に置かれる皿のことです。**
譯 咖啡盤是放在杯子下的盤子。

➡ **コーヒーメーカー**
咖啡機

發音 ko-hi-me-ka-

這樣用 〉 **コーヒーメーカー一台**
譯 一台咖啡機

簡單句 **コーヒーメーカーが故障している。**
譯 咖啡機故障了。

➡ **コーヒー豆** 咖啡豆

發音 ko-hi-mame

這樣用 〉 **コーヒー豆一粒**
譯 一顆咖啡豆

簡單句 **コーヒー豆をひく。**
譯 烘焙咖啡豆。

⊳⊳ Track 030

會話練習 Let's go! 來看看單字如何實際應用，讓生活互動更有趣生動。

☺女子高校生 A ずっと歩いて疲れました。どこかで少し休みましょう。
譯 一直走路好累喔。我們找個地方休息一下吧。

☺女子高校生 B あそこにオープンカフェがありますよ。
譯 那邊有個露天咖啡座。

☺女子高校生 A じゃあ、あそこでコーヒーを飲みましょう。
譯 那我們去那邊喝杯咖啡吧。

☺女子高校生 A この店の看板に、最高級コーヒー豆及びコーヒーメーカー使用と書いてありますよ。
譯 這家店的招牌上寫著，使用頂級咖啡豆和咖啡機。

☺女子高校生 B じゃ、味はきっといいでしょう。私はキャラメルラテ、あなたは？
譯 那味道一定不錯。我要喝焦糖拿鐵，妳呢？

078

◎女子高校生A **私はカプチーノを飲みたいです。**

譯 我想喝卡布奇諾。

◎女子高校生B **砂糖とかき混ぜ棒要りますか。**

譯 需要糖跟攪拌棒嗎？

◎女子高校生A **はい、要ります。**

譯 好，需要。

◎女子高校生B **ほかになにか食べたいものがありますか。ケーキを食べますか。**

譯 妳還有想吃什麼嗎？要吃蛋糕嗎？

◎女子高校生A **ドーナツを食べたいです。**

譯 我想吃甜甜圈。

◎女子高校生B **じゃ、ここに座ってて、私が注文に行ってきます**

譯 好，妳在這坐著，那我去點囉。

Part 04 音檔雲端連結

因各家手機系統不同，若無法直接掃描，仍可以至以下電腦雲端連結下載收聽。

（**https://tinyurl.com/yh6czzv7**）

Part 4 休閒活動／娛樂

休閒活樂／娛樂

∽ Unit 01
動物園 _{どうぶつえん} 動物園

➡ 入り口 _{いぐち} 入口

發音 iriguchi

這樣用 入り口一つ _{いぐちひと}
譯 一個入口

簡單句 入り口から入る。 _{いぐちはい}
譯 從入口進去。

➡ シマウマ 斑馬

發音 shimauma

這樣用 シマウマ一頭 _{いっとう}
譯 一匹斑馬

簡單句 シマウマ柄が好き _{がら す}
です。
譯 喜歡斑馬紋。

➡ 牛 _{うし} 牛

發音 ushi

這樣用 牛一頭 _{うしいっとう}
譯 一頭牛

簡單句 牛を飼う。 _{うし か}
譯 養牛。

➡ 虎 _{とら} 老虎

發音 tora

這樣用 虎一頭 _{とらいっとう}
譯 一隻老虎

簡單句 虎に噛まれた。 _{とら か}
譯 被老虎咬了。

➡ サイ 犀牛

發音 sai

這樣用 サイ一頭 _{いっとう}
譯 一頭犀牛

簡單句 サイの角は珍しい _{つの めずら}
です。
譯 犀牛角很珍貴。

➡ カバ 河馬

發音 kaba

這樣用 カバ一頭 _{いっとう}
譯 一隻河馬

簡單句 カバは動きの鈍い _{うご にぶ}
草食動物です。 _{そうしょくどうぶつ}
譯 河馬是行動遲緩
的草食動物。

→ **馬** (うま) 馬

發音 uma

這樣用 **馬一頭** (うまいっとう)
譯 一匹馬

簡單句 **馬に乗る。** (うまのる)
譯 騎馬。

→ **山羊** (やぎ) 山羊

發音 yagi

這樣用 **山羊一頭** (やぎいっとう)
譯 一頭山羊

簡單句 **山羊に餌をやる。** (やぎえさ)
譯 餵山羊吃飼料。

→ **猿** (さる) 猴子

發音 saru

這樣用 **猿一匹** (さるいっぴき)
譯 一隻猴子

簡單句 **なんで猿はバナナ** (さる)
が好きというイメ (す)
ージがあるんでし
ょうか。
譯 為什麼會有猴子
喜歡香蕉的印象
呢？

→ **豚** (ぶた) 豬

發音 buta

這樣用 **豚一頭** (ぶたいっとう)
譯 一頭豬

簡單句 **ミニ豚を飼いたい** (ぶた か)
です。
譯 想養迷你豬。

→ **パンダ** 熊貓

發音 panda

這樣用 **パンダ一頭** (いっとう)
譯 一隻熊貓

簡單句 **動物園のパンダを** (どうぶつえん)
見に行った。 (み い)
譯 去看動物園的熊
貓了。

→ **キリン** 長頸鹿

發音 kirin

這樣用 **キリン一頭** (いっとう)
譯 一隻長頸鹿

簡單句 **世界で一番背が高** (せかい いちばん せ たか)
い動物はキリンで (どうぶつ)
す。
譯 世界上最高的動
物是長頸鹿。

會話練習

Let's go! 來看看單字如何實際應用，
讓生活互動更有趣生動。

☺父 今日は天気がよくて、動物園に来るのにふさわしいな。

譯 今天天氣真好，真適合來動物園走走呀。

☺母 家族全員で遊びに来て良かったわね。

譯 全家一起出來玩真不錯。

☺父 ここに園内マップがある。ちょっと見てみよう。

譯 這邊有園區地圖，我看一下。

☺父 このエリアにはサイ、カバ、シマウマ、猿などがいるんだね。こっちから行こう。

譯 這一區有犀牛、河馬、斑馬、猴子之類的，我們先從這邊走好了。

☺子供 お母さん、見て、パンダだ。

譯 媽媽，妳看，是貓熊耶。

☺母 パンダは今竹を食べているわよ。

譯 貓熊正在吃竹子呢。

☺父 あの首の長い動物はなんだ？

譯 那個脖子長長的動物叫做什麼呢？

☺子供 キリンだ～。

譯 長～頸～鹿～。

☺父 正解！すごいなあ。

譯 答對了，你好棒喔。

☺子供 お母さん、あそこ、見て！虎がいるよ。

譯 媽媽妳看！那邊有老虎耶。

☺母 走っちゃだめ。転ぶわよ。

譯 不要用跑的，會摔倒喔！

ᡃᡝ Unit 02
酒吧 バー

➡ **ダーツ** 飛鏢

發音 da-tsu

這樣用 **ダーツゲーム**
譯 飛鏢遊戲

簡單句 **ダーツの投げ方を教えてください。**
譯 請教我飛鏢的射法。

➡ **ビリヤード** 撞球

發音 biriya-do

這樣用 **ビリヤードテクニック**
譯 撞球技巧

簡單句 **ビリヤードテーブルの値段が高いです。**
譯 撞球桌很貴。

➡ **ビール** 啤酒

發音 bi-ru

這樣用 **ビール一本**
譯 一瓶啤酒

簡單句 **ドイツビールは世界的に有名です。**
譯 德國啤酒世界有名。

➡ **カクテル** 雞尾酒

發音 kakuteru

這樣用 **カクテル一杯**
譯 一杯雞尾酒

簡單句 **カクテルを頼む。**
譯 點雞尾酒。

➡ **キスする** 接吻

發音 kisusuru

這樣用 **彼女とキスする。**
譯 和女友接吻。

簡單句 **キスする前に歯を磨く。**
譯 接吻前先刷牙。

➡ **ウイスキー** 威士忌

發音 uisuki-

這樣用 **ウイスキー一杯**
譯 一杯威士忌

簡單句 **ウイスキーに氷を入れる。**
譯 在威士忌裡加冰塊。

➥ **ウォッカ** 伏特加

發音 wokka

這樣用 **ウォッカ二杯**
譯 兩杯伏特加

簡單句 **ロシアでウォッカを飲んだ。**
譯 在俄國喝了伏特加。

➥ **バーテンダー** 酒保

發音 ba-tenda-

這樣用 **バーテンダー一人**
譯 一個酒保

簡單句 **バーテンダーを募集している。**
譯 正在募集酒保。

➥ **カウンターチェア**
高腳椅

發音 kaunta-chea

這樣用 **カウンターチェア一脚**
譯 一張高腳椅

簡單句 **カウンターチェアの高さを調節する。**
譯 調整高腳椅的高度。

➥ **バーカウンター**
吧檯

發音 ba-kaunta-

這樣用 **バーカウンター一台**
譯 一個吧檯

簡單句 **バーカウンターに座る。**
譯 坐在吧檯。

➥ **さくらんぼ** 櫻桃

發音 sakuranbo

這樣用 **さくらんぼ一個**
譯 一顆櫻桃

簡單句 **山形の名産はさくらんぼです。**
譯 山形的名產是櫻桃。

➥ **踊る** 跳舞

發音 odoru

這樣用 **友達が踊る。**
譯 朋友在跳舞。

簡單句 **歌を歌いながら踊る。**
譯 邊唱歌邊跳舞。

Track 034

Let's go! 來看看單字如何實際應用，
讓生活互動更有趣生動。

☺ 女 カクテルをください。さくらんぼは要りません。
譯 請給我一杯雞尾酒，不要櫻桃。

☺ バーテンダー はい、どうぞ。
譯 請慢用。

☺ 男 君、なぜ一人でバーカウンターに座ってるの。友達を待ってるの。
譯 小姐，怎麼一個人坐在吧檯這？等朋友嗎？

☺ 男 ウイスキーをください。そしてこちらの方にウォッカ・ライムを。俺のおごりで。
譯 給我一杯威士忌，順便再給這位小姐一杯伏特加萊姆，我請客。

☺ 男 いっしょに踊りませんか。
譯 要不要一起跳舞呀？

☺ 女 興味ありません。
譯 沒興趣。

☺男 君、綺麗だね。アイドル歌手に似てるって言われない？

譯 小姐妳很漂亮耶，有沒有人說妳長得很像偶像歌手呀？

☺女 私をナンパしているの？ほかの人のところへ行って。

譯 你在搭訕我嗎？你去找別人吧。

✑ Unit 03
派對上
パーティー

→ 話す 説話

発音 hanasu

這樣用 > 大家さんと話す。
譯 和房東説話。

簡單句 話さないでください。
譯 請不要説話。

→ 客 客人

発音 kyaku

這樣用 > 客 一人
譯 一位客人

簡單句 店員がお客さんと喧嘩した。
譯 店員和客人吵架了。

→ クリスマスツリー
聖誕樹

発音 kurisumasutsuri-

這樣用 > クリスマスツリー 一本
譯 一棵聖誕樹

簡單句 クリスマスツリーを飾る。
譯 装飾聖誕樹。

→ サンタクロース
聖誕老公公

発音 santakuro-su

這樣用 > サンタクロース 一人
譯 一個聖誕老公公

簡單句 サンタクロースは夜に良い子のもとへプレゼントを持って訪れる。
譯 聖誕老公公會在夜裡帶著禮物拜訪好孩子。

→ 花束 花束

発音 hanataba

這樣用 > 花束一つ
譯 一束花束

簡單句 花束を贈る。
譯 送花束。

→ プレゼント 禮物

発音 purezento

這樣用 > プレゼント一つ
譯 一份禮物

簡單句 プレゼントを開ける。
譯 打開禮物。

→ **ローストチキン**
烤雞

發音 ro-sutochikin

這樣用 **ローストチキン一羽／一つ**
譯 一隻烤雞

簡單句 **ローストチキンは代表的なクリスマス料理です。**
譯 烤雞是聖代節的代表料理。

→ **暖炉** 壁爐

發音 danro

這樣用 **暖炉一基**
譯 一個壁爐

簡單句 **暖炉を囲む。**
譯 圍著壁爐。

→ **キャンディー** 糖果

發音 kyandi-

這樣用 **キャンディー一個**
譯 一顆糖果

簡單句 **キャンディーをもらった。**
譯 得到了糖果。

→ **パーティーキャップ** 派對帽

發音 pa-ti-kyappu

這樣用 **パーティーキャップ一つ**
譯 一頂派對帽

簡單句 **パーティーキャップをかぶる。**
譯 戴派對帽。

→ **風船** 氣球

發音 fu-sen

這樣用 **風船三つ**
譯 三個氣球

簡單句 **風船を吹く。**
譯 吹氣球。

→ **抽選箱** 抽獎箱

發音 chu-senbako

這樣用 **抽選箱一つ**
譯 一個抽獎箱

簡單句 **抽選箱に全てのボールを入れる。**
譯 把全部的球放進抽獎箱。

**會話
練習**

Let's go! 來看看單字如何實際應用，
讓生活互動更有趣生動。

☺主人 **今日はクリスマス・イブですね、夜 私 の
家に来てください。パーティーがあります
よ**

譯 今天是聖誕夜，晚上來我家吧，我有舉辦派
對喔。

☺友達A **本当？行きたいです。**

譯 真的嗎？我想去。

☺主人 **来る人は、それぞれプレゼントを持ってき
てね。**

譯 每個來的人都要帶禮物來喔。

☺友達B **お客が多くてにぎやかですね。**

譯 好多客人喔，你家真熱鬧。

☺友達C **やっぱり風船のあるところは楽しいです
ね。**

譯 果然有氣球的地方就有歡樂。

☺主人 テーブルの上にローストチキン、こっちに
はキャンデーがあります。どうぞご遠慮な
く、たくさん食べてね。

　譯 餐桌上有烤雞，這邊有糖果，大家請不要客
　　氣多吃點喔。

☺友達A サンタクロースの服を着ているんです
か。お似合いですね。

　譯 你穿聖誕老公公的衣服喔？很適合你耶。

☺主人 プレゼントはクリスマスツリーの下に置
いておいてください。あとで抽選をしま
す。

　譯 禮物請放在聖誕樹下就可以了，待會我們會
　　舉行抽獎活動。

☺主人 はい、みなさん、時間です。抽選を始めま
しょう。

　譯 嗯，各位時間到了，開始抽獎吧。

☺友達B 誰が一番の幸運者でしょうね。

　譯 誰會是第一位幸運得主呢？

～ Unit 04
海灘 ビーチ

→ **波** 海浪
なみ

發音 nami

這樣用 **津波**
つなみ
譯 海嘯

簡單句 **波が寄せてくる。**
なみ よ
譯 海浪打過來。

→ **サーフィン** 衝浪

發音 sa-fin

這樣用 **サーフィンする**
譯 衝浪

簡單句 **サーフィンは波乗りともいう。**
なみ の
譯 日文裡衝浪也叫做乘浪。

→ **ヨット** 帆船

發音 yotto

這樣用 **ヨット一隻**
いっせき
譯 一艘帆船

簡單句 **ヨットはセールを使って進む。**
つか すす
譯 帆船靠帆前進。

→ **ビーチ** 沙灘

發音 bi-chi

這樣用 **ビーチバレー**
譯 沙灘排球

簡單句 **ビーチで貝殻を拾う。**
かいがら ひろ
譯 在沙灘撿貝殼。

→ **ビキニ** 比基尼

發音 bikini

這樣用 **ビキニ一着**
いっちゃく
譯 一件比基尼

簡單句 **このビキニがお洒落です。**
しゃ れ
譯 這件比基尼很時髦。

→ **水上オートバイ**
すいじょう
水上摩托車

發音 suijo-o-tobai

這樣用 **水上オートバイ一台**
すいじょう いちだい
譯 一輛水上摩托車

簡單句 **水上オートバイに乗る際は、必ず救命胴衣を着用する。**
すいじょう の さい かなら きゅうめいどうい ちゃく よう
譯 騎水上摩托車的時候一定要穿救生衣。

→ サングラス
太陽眼鏡

發音 sangurasu

這樣用 サングラス一本(いっぽん)
　　　譯 一副太陽眼鏡

簡單句 サングラスを掛(か)け
　　　る。
　　　譯 戴太陽眼鏡。

→ ビーチサンダル
海灘拖鞋

發音 bi-chisandaru

這樣用 ビーチサンダル
　　　一足(いっそく)
　　　譯 一雙海灘拖鞋

簡單句 ビーチサンダルは
　　　砂浜(すなはま)などで履(は)く。
　　　譯 海灘拖鞋是在沙
　　　灘等地穿的。

→ ビーチボール
海灘球

發音 bi-chibo-ru

這樣用 ビーチボール二個(にこ)
　　　譯 兩個海灘球

簡單句 日本(にほん)はビーチボー
　　　ル 協会(きょうかい)がある。
　　　譯 日本有海灘球協
　　　會。

→ サンオイル
防曬油（不防 UVA，因此
只能防曬傷， 但膚色可能
變黑，類似助曬劑。一般我
們熟悉的防曬油多用日焼(や)け
止(ど)め。）

發音 sanoiru

這樣用 サンオイル一本(いっぽん)
　　　譯 一瓶防曬油

簡單句 サンオイルを塗(ぬ)
　　　る。
　　　譯 塗防曬油。

→ 日光浴(にっこうよく)する
做日光浴

發音 nikko-yokusuru

這樣用 日光浴(にっこうよく)するという
　　　のは日光(にっこう)を浴(あ)びる
　　　ことです。
　　　譯 做日光浴就是曬
　　　太陽。

簡單句 ビキニ姿(すがた)で日光浴(にっこうよく)
　　　する。
　　　譯 穿著比基尼做日
　　　光浴。

➡ ヤシの未(き) 椰子樹

發音 yashinoki

這樣用 ヤシの未(き)一本(いっぽん)
譯 一棵椰子樹

簡單句 ヤシの未(き)を植(う)え
る。
譯 種椰子樹。

➡ **Track 038**

會話
練習

Let's go! 來看看單字如何實際應用，
讓生活互動更有趣生動。

☺ カップル女(おんな) 夏(なつ)に海(うみ)で波(なみ)を見(み)るのは気持(きも)ちいい
ね。
譯 夏天到海邊看海浪真是棒呀！

☺ カップル男(おとこ) ビキニを着(き)ている女性(じょせい)が、ビーチでビー
チボールで遊(あそ)んでいる姿(すがた)を見(み)るほう
が、気持(きも)ちいい。
譯 看穿著比基尼的美女在沙灘上玩海灘
球，那才是棒呢。

☺ カップル女(おんな) 何(なに)を言(い)ってるの！勝手(かって)に見(み)ないで。
譯 你在說什麼？眼睛不要亂看！

☺ カップル女　早く私の体にサンオイルを塗って。日光浴するから。

譯 快幫我身體擦上防曬油，我要做日光浴。

☺ カップル男　は～い。

譯 是。

☺ カップル女　サングラスを持ってきて。

譯 把我的太陽眼鏡拿來。

☺ カップル男　は～～い。

譯 是。

☺ カップル男　あのう、水上 オートバイに乗ってもいいかなあ。

譯 那個，我可以去玩水上摩托車嗎？

☺ カップル女　だめ。ヤシの実ジュースを飲みたいときは、あなたが持ってきてね。

譯 不行，當我想喝椰子水的時候，你要負責拿給我。

ᓂ Unit 05
游泳池 プール

→ **プール** 游泳池

發音 pu-ru

這樣用 プール一面
譯 一座泳游池

簡單句 プールの入場料は大人2800円です。
譯 游泳池入場費大人是2800日圓。

→ **ライフガード**
救生員

發音 raifuga-do

這樣用 ライフガード一人
譯 一個救生員

簡單句 ライフガードは命を守る者の意味です。
譯 救生員是生命守護者的意思。

→ **ビート板** 浮板

發音 bi-toban

這樣用 ビート板一枚
譯 一塊浮板

簡單句 ビート板は水泳用品です。
譯 浮板是游泳用品。

→ **水着** 泳裝

發音 mizugi

這樣用 水着一着
譯 一套泳裝

簡單句 この水着がセクシーです。
譯 這套泳裝很性感。

→ **水泳帽子** 泳帽
也這樣用 **水泳帽**

發音 suie-bo-shi
（suie-bo-）

這樣用 水泳帽子一枚
譯 一頂泳帽

簡單句 水泳帽子が破れた。
譯 泳帽破了。

→ **デッキチェア**

沙灘椅

發音 dekkichea

這樣用 > **デッキチェアー**
脚

譯 一張海灘椅

簡單句 **デッキチェアはあ**
りますか。

譯 有海灘椅嗎？

→ **浮き輪** 泳圈

發音 ukiwa

這樣用 > **浮き輪一つ**

譯 一個泳圈

簡單句 **浮き輪を拾いに行**
く。

譯 去撿泳圈。

→ **泳ぐ** 游泳

發音 oyogu

這樣用 > **泳がないようにし**
てください。

譯 請不要游泳。

簡單句 **川で泳ぐ。**

譯 在河裡游泳。

→ **ゴーグル** 泳鏡

發音 go-guru

這樣用 > **ゴーグル一個**

譯 一副泳鏡

簡單句 **ゴーグルはいくら**
ですか。

譯 泳鏡多少錢呢？

→ **背泳ぎ** 仰式

發音 seoyogi

這樣用 > **背泳ぎする**

譯 游仰式

簡單句 **背泳ぎができな**
い。

譯 不會游仰式。

→ **平泳ぎ** 蛙式

發音 hiraoyogi

這樣用 > **平泳ぎする**

譯 游蛙式

簡單句 **平泳ぎができる。**

譯 會游蛙式。

→ **飛び込み台** 跳台

發音 tobikomidai

這樣用 > **飛び込み台二つ**

譯 兩座跳台

簡單句 **飛び込み台から飛**
び込む。

譯 從跳台上跳進
去。

會話練習

Let's go! 來看看單字如何實際應用，讓生活互動更有趣生動。

☺級友A あまりプールには来ません。泳ぐことができませんから。

譯 我幾乎不來<u>游泳池</u>的，因為我不會<u>游泳</u>。

☺級友B 大丈夫です。教えてあげますから。

譯 沒關係，我可以教你。

☺級友A 溺れるのが怖いんです。

譯 我怕溺水。

☺級友B 心配要りません。ほら、あそこにライフガードがいるじゃないですか。

譯 不用擔心啦，你看那邊有<u>救生員</u>呀。

☺級友B そして浮き輪かビート板を使えばいいです。

譯 而且你也可以使用<u>游泳圈</u>或是<u>浮板</u>呀。

☺級友B 背泳ぎと平泳ぎ、どちらを習いたいですか。

譯 你想學<u>仰式</u>還是<u>蛙式</u>？

☺級友A 平泳ぎにします。ちょっと待って。ゴーグルを付けますから。

譯 學蛙式的好了。等一下我戴個蛙鏡。

☺級友B ここで練習すればいいです。あまり飛び込み台に近づかないようにね。あそこは深くて危ないです。

譯 你在這邊練習就好，不要靠近跳台，那邊比較深，比較危險。

☺級友A ちょっと疲れました。デッキチェアですこし休みます。

譯 有點累了，我去沙灘椅上休息一下。

⌒ Unit 06
健身房
トレーニングジム

→ **コーチ** 教練

發音 ko-chi

這樣用 コーチ一人_{ひとり}
譯 一個教練

簡單句 コーチになる。
譯 成為教練。

→ **ヨガ** 瑜珈

發音 yoga

這樣用 ヨガをする
譯 做瑜珈

簡單句 ヨガをする女性_{じょせい}は
すっぴんでも美_{うつく}し
いです。
譯 做瑜珈的女性素
顏也很美。

→ **ヨガマット** 瑜珈墊

發音 yogamatto

這樣用 ヨガマット一枚_{いちまい}
譯 一塊瑜珈墊

簡單句 ヨガマットでお昼_{ひる}
寝_ねをする。
譯 在瑜珈墊上睡午
覺。

→ **トレッドミル**

跑步機

發音 toreddomiru

這樣用 トレッドミル一台_{いちだい}
譯 一台跑步機

簡單句 トレッドミルで走_{はし}
る。
譯 跑跑步機。

→ **更衣室**_{こういしつ} 更衣室

發音 ko-ishitsu

這樣用 更衣室_{こういしつ}二つ_{ふた}
譯 兩間更衣室

簡單句 更衣室_{こういしつ}で着替_{きが}え
る。
譯 在更衣室換衣
服。

→ **バーベル** 槓鈴

發音 ba-beru

這樣用 バーベル一本_{いっぽん}
譯 一根槓鈴

簡單句 バーベルで鍛_{きた}え
る。
譯 用槓鈴鍛鍊。

→ **エアロバイク** 飛輪

發音 earobaiku

這樣用〉 **エアロバイク三台**
譯 三台飛輪

簡單句 **これは家庭用エアロバイクです。**
譯 這是家用飛輪。

→ **筋肉** 肌肉

發音 kinniku

這樣用〉 **筋肉マン**
譯 筋肉人

簡單句 **筋肉をつける。**
譯 練出肌肉。

→ **体重計** 體重計

發音 taiju-ke-

這樣用〉 **体重計四つ**
譯 四台體重計

簡單句 **体重計に乗る。**
譯 量體重。

→ **ステッパー** 踏步機

發音 suteppa-

這樣用〉 **ステッパー一台**
譯 一台踏步機

簡單句 **ステッパーで有酸素運動をする。**
譯 用踏步機做有氧運動。

→ **ダンベル** 啞鈴

發音 danberu

這樣用〉 **ダンベル二本**
譯 兩個啞鈴

簡單句 **ダンベルを持ち上げる。**
譯 舉啞鈴。

→ **上げる** 舉

發音 ageru

這樣用〉 **箱を棚に上げる。**
譯 把箱子搬上架子。

簡單句 **目を上げる。**
譯 抬起眼睛。

Let's go! 來看看單字如何實際應用，
讓生活互動更有趣生動。

☺太っている男の子 コーチ、 私痩せたいです。
譯 <u>教練</u>，我想要減肥。

☺コーチ 分かりました。まずは体重計で体重を量り
ましょう。
譯 我知道了，我們先用<u>體重計</u>量一下體重好
了。

☺コーチ 85キロです。オーバーしていますね。
譯 85公斤。是超過了。

☺太っている男の子 じゃあ、どうすればいいです
か。
譯 那我應該要怎麼做呢？

☺コーチ まずは有酸素運動から始めます。例えばト
レッドミルやエアロバイクを利用します。
譯 首先你必須要先做有氧運動，例如使用跑
步機或是飛輪。

☺太っている男の子 どのぐらいしますか。
譯 要做多久呢？

☺コーチ **大体 30 分ぐらいです。そのあと、すこし ウエイトトレーニングをします。**
> 譯 做大約 30 分鐘。之後，你可以做些重量 訓練。

☺太っている男の子 **ダンベルを上げるんですか。**
> 譯 是舉<u>啞鈴</u>嗎？

☺コーチ **はい、バーベルでもいいです。**
> 譯 嗯，也可以舉<u>槓鈴</u>。

☺太っている男の子 **何回ぐらいしますか。**
> 譯 要做幾下呢？

☺コーチ **普通は 10 回を 1 セット。筋肉を鍛えれば、 脂肪の燃焼を促しますよ。**
> 譯 一般是 10 下一組。鍛鍊<u>肌肉</u>可以幫助你 燃燒脂肪喔。

∽ Unit 07
遊樂園 遊園地（ゆうえんち）

→ **観覧車（かんらんしゃ）** 摩天輪

發音 kanransha

這樣用 **観覧車一基（かんらんしゃいっき）**
譯 一座摩天輪

簡單句 **観覧車（かんらんしゃ）に乗（の）る。**
譯 搭摩天輪。

→ **ジェットコースター** 雲霄飛車

發音 jettoko-suta-

這樣用 **ジェットコースター一台（いちだい）**
譯 一輛雲霄飛車

簡單句 **日本（にほん）で一番怖（いちばんこわ）いジェットコースターはどこにありますか。**
譯 日本最恐怖的雲霄飛車在哪裡呢？

→ **お化（ば）け屋敷（やしき）** 鬼屋

發音 obakeyashiki

這樣用 **お化（ば）け屋敷一軒（やしきいっけん）**
譯 一間鬼屋

簡單句 **お化（ば）け屋敷（やしき）に入（はい）る。**
譯 進去鬼屋。

→ **地図（ちず）** 地圖

發音 chizu

這樣用 **地図一枚（ちずいちまい）**
譯 一張地圖

簡單句 **地図（ちず）を調（しら）べる。**
譯 查閱地圖。

→ **ツーリスト**

也這樣用 **来園者（らいえんしゃ）**

遊客（用來園者的時候指到動物「園」、遊樂「園」等的遊客）

發音 tsu-risuto

這樣用 **ツーリスト百人（ひゃくにん）**
譯 一百名遊客

簡單句 **ツーリストが笑（わら）う。**
譯 遊客在笑。

→ **子供** 小孩

發音 kodomo

這樣用〉**子供一人**
譯 一個小孩

簡單句 **子供とはぐれた。**
譯 和小孩走散了。

→ **ゴーカート** 碰碰車

發音 go-ka-to

這樣用〉**ゴーカート七台**
譯 七台碰碰車

簡單句 **これは二人乗りの
ゴーカートです。**
譯 這是雙人用的碰
碰車。

→ **メリーゴーランド**
旋轉木馬

發音 meri-go-rando

這樣用〉**メリーゴーランド
に乗る。**
譯 搭旋轉木馬。

簡單句 **メリーゴーランド
は遊園地の乗り物
の一つです。**
譯 旋轉木馬是遊樂
園的設施之一。

→ **花火** 煙火

發音 hanabi

這樣用〉**花火大会**
譯 煙火大會

簡單句 **花火を見に行きま
しょう。**
譯 去看煙火吧。

→ **コーヒーカップ**
咖啡杯

發音 ko-hi-kappu

這樣用〉**コーヒーカップに
乗る。**
譯 坐咖啡杯。

簡單句 **コーヒーカップと
ティーカップは同
じ乗り物です。**
譯 咖啡杯和茶杯是
一樣的遊樂設
施。

→ フリーフォール

自由落體

發音 furi-fo-ru

這樣用〉フリーフォールに
乗る。

譯 搭自由落體。

簡單句 このフリーフォー
ルの高さは100メ
ートルです。

譯 這自由落體的高
度是100公尺。

→ 出口 出口

發音 deguchi

這樣用〉出口一つ

譯 一個出口

簡單句 出口を出る。

譯 走出出口。

▶ Track 044

會話
練習

Let's go! 來看看單字如何實際應用,
讓生活互動更有趣生動。

☺女の子 A ねえ、ここは一番刺激的な遊園地だと
聞きましたけど。

譯 嘿,聽說這裡是最刺激的遊樂園耶。

☺女の子 B そうですね。ジェットコースターは 360
度ぐるぐる回って怖いです。

譯 對呀,聽說它的雲霄飛車會 360 度大回
轉,很恐怖的。

☺女の子A フリーフォールも怖いですよ。でも、お化け屋敷はまあまあね。

譯 還有聽說自由落體也很嚇人，但是鬼屋就還好。

☺女の子B ほかにゴーカートとか、メリーゴーランドやコーヒーカップ、全然刺激的ではありませんね。

譯 其他像是碰碰車啦，旋轉木馬啦，咖啡杯啦，就一點都不刺激。

☺女の子A じゃ、まずはどの乗り物に乗りますか。

譯 那我們要先玩哪一個遊樂設施呢？

☺女の子B まずは観覧車に乗りましょう。それから中で地図を見ながら何に乗るか決めましょう。

譯 我們先坐摩天輪好了，我們可以在裡面邊看地圖再決定要搭什麼。

☺女の子A 園内ガイドに、今晩9時に花火を打ち上げると書いてありますよ。

譯 園區指南上說今天晚上9點會施放煙火唷！

☺女の子B 本当ですか。楽しみですね。

譯 真的嗎？真令人期待呀。

Part 05 音檔雲端連結

因各家手機系統不同，若無法直接掃描，仍可以至以下電腦雲端連結下載收聽。

（**https://tinyurl.com/3tppcjdk**）

Part 5 購物／生活用品

購物／
生活用品

Unit 01
女裝店 婦人服 _{ふ じんふく}

→ 浴衣 _{ゆ かた} 浴衣

發音 yukata

這樣用〉浴衣一着 _{ゆ かたいっちゃく}
譯 一件浴衣

簡單句〉浴衣売り場を探 _{ゆ かた う ば さが}
す。
譯 找浴衣賣場。

→ 着物 _{き もの} 和服

發音 kimono

這樣用〉着物一着 _{き ものいっちゃく}
譯 一件和服

簡單句〉着物の帯の結び方 _{き もの おび むす かた}
を教えてくださ _{おし}
い。
譯 請教我和服腰帶
的繫法。

→ ブラ 內衣

發音 bura

這樣用〉ブラ一着 _{いっちゃく}
譯 一件內衣

簡單句〉派手なブラをつけ _{は で}
る。
譯 穿華麗的內衣。

→ ショーツ 內褲

發音 sho-tsu

這樣用〉ショーツ一枚 _{いちまい}
譯 一件內褲

簡單句〉ショーツを買う。 _か
譯 購買內褲。

→ スカート 裙子

發音 suka-to

這樣用〉スカート一枚 _{いちまい}
譯 一件裙子

簡單句〉スカートの丈を直 _{たけ なお}
す。
譯 改裙長。

→ ブラウス 女用襯衫

發音 burausu

這樣用〉ブラウス一着 _{いっちゃく}
譯 一件女用襯衫

簡單句〉白いブラウスはあ _{しろ}
りますか。
譯 有白色的女用襯
衫嗎？

➡ **ニット服** 針織衫

> ふく

發音 nittofuku

這樣用 ニット服一枚
> ふくいちまい
> 譯 一件針織衫

簡單句 ニット服の洗い方
> ふく あら かた
> がわからない。
> 譯 不知道針織衫的
> 洗法。

➡ **レギンス** 內搭褲

發音 reginsu

這樣用 レギンス一枚
> いちまい
> 譯 一件內搭褲

簡單句 このレギンスはき
> ついです。
> 譯 這件內搭褲很
> 緊。

➡ **コート** 外套

發音 ko-to

這樣用 コート一着
> いっちゃく
> 譯 一件外套

簡單句 コートを掛ける。
> か
> 譯 掛外套。

➡ **ジーンズ** 牛仔褲

發音 ji-nzu

這樣用 ジーンズ一枚
> いちまい
> 譯 一條牛仔褲

簡單句 ジーンズを履く。
> は
> 譯 穿牛仔褲。

➡ **ドレス** 洋裝

也這樣用 **ワンピース**

（用ワンピース的時候可指
婚紗等禮服）

發音 doresu（wanpi-su）

這樣用 ドレス一着
> いっちゃく
> 譯 一件洋裝

簡單句 シンプルなドレス
> を紹介してくれま
> しょうかい
> せんか。
> 譯 可以幫我介紹簡
> 單的洋裝嗎？

➡ **セーター** 毛衣

發音 se-ta-

這樣用 セーター一枚
> いちまい
> 譯 一件毛衣

簡單句 セーターを畳む。
> たた
> 譯 折毛衣。

會話
練習

Let's go! 來看看單字如何實際應用，
讓生活互動更有趣生動。

☺店員 いらっしゃい、いらっしゃい。バーゲンセ
ール開催中 で～す。

譯 來來來，跳樓大拍賣唷～～。

☺店員 奥さん、ぜひ見て来て。バーゲンは今日だ
けですよ。

譯 這位太太趕快來看看，只有今天才有破盤大
特價唷。

☺奥さんA このブラウスの柄、きれい～～。

譯 這件襯衫花紋真好看。

☺奥さんB このニット服、質はいいみたい。

譯 這件針織衫質料感覺蠻好的。

☺店員 コート、ドレス、ジーンズ、スカート、全
部定価の9割引きで～～す。

譯 外套、洋裝、牛仔褲、裙子，通通定價打一
折唷～～。

☺奥さんC これは私が先に見てたセーターです
よ。

譯 這是我先看到的毛衣耶。

☺奧さん D　私 のほうが先に見てたのよ。

譯 是我先看到的吧。

☺奧さん C　後ろから押さないでよ～

譯 後面的不要推啦。

☺店員　お急ぎくださ～い。売切れ次第で終了で～
す。

譯 快來喔～～。賣完就提早結束囉～～。

這樣用〉 ベスト一 **着**（いっちゃく）
譯 一件背心

簡單句） ベストを **脱**（ぬ）ぐ。
譯 脱背心。

🗝 Unit 02
男裝店 紳士服（しん し ふく）

→ **マネキン**
人型模特兒

發音 manekin

這樣用〉 マネキン一体（いったい）
譯 一個人型模特兒

簡單句） マネキンを **並**（なら）べる。
譯 排人型模特兒。

→ **スーツ** 西裝

發音 su-tsu

這樣用〉 スーツ一揃（ひとそろ）い
譯 一套西裝（日本的一套常指包含背心、領帶等物）

簡單句） スーツを一揃（ひとそろ）い **買**（か）う。
譯 買一套西裝。

→ **ベスト** 背心

發音 besuto

→ **ボタン** 鈕扣

發音 botan

這樣用〉 ボタン一個（いっこ）
譯 一顆鈕扣

簡單句） ボタンを **外**（はず）す。
譯 解開鈕扣。

→ **ポケット** 口袋

發音 poketto

這樣用〉 ポケット二（ふた）つ
譯 兩個口袋

簡單句） ポケットに **入**（い）れる。
譯 放進口袋。

→ **ワイシャツ** 白襯衫

發音 waishatsu

這樣用〉 ワイシャツ一枚（いちまい）
譯 一件白襯衫

簡單句） ワイシャツを **汚**（よご）した。
譯 弄髒了白襯衫。

→ **ネクタイ** 領帶

發音 nekutai

這樣用〉 ネクタイ一本（いっぽん）

譯 一條領帶

簡單句 ネクタイを締め
る。
譯 繫領帶。

→ **ボウ** 領結

也這樣用 **蝶ネクタイ**

發音 bo-（cho-nekutai）

這樣用 **ボウ一個**
譯 一個領結

簡單句 **ボウを結ぶ。**
譯 打領結。

→ **靴下** 襪子

發音 kutsushita

這樣用 **靴下一足**
譯 一雙襪子

簡單句 **靴下はくさいで
す。**
譯 襪子很臭。

→ **ベルト** 皮帶

發音 beruto

這樣用 **ベルト三本**
譯 三條皮帶

簡單句 **太いベルトが欲し
いです。**
譯 想要粗的皮帶。

→ **スカーフ** 圍巾

發音 suka-fu

這樣用 **スカーフ一枚**
譯 一條圍巾

簡單句 **スカーフを巻く。**
譯 圍圍巾。

→ **短パン** 四角褲

發音 tanpan

這樣用 **短パン三枚**
譯 三件四角褲

簡單句 **この短パンが短い
です。**
譯 這四角褲很短。

會話練習

Let's go! 來看看單字如何實際應用，
讓生活互動更有趣生動。

😊男性 そのマネキンが着ている般はよさそうです
ね、入ってみましょう。

譯 那個人型模特兒身上穿的衣服還不錯看的樣
子，我們進去看看吧。

😊店員 いらっしゃいませ。何をお探しでしょう
か。

譯 歡迎光臨，請問在找什麼呢？

😊男性 外のスーツを見たいんですが。

譯 我想看看外面那套西裝。

😊店員 お客様はお目が高い。あれは今シーズンの
最新デザインでございます。

譯 這個客人您真有眼光，這是本季最新款式。

😊女性 試着することができますか。

譯 可以試穿看看嗎？

😊店員 もちろんでございます。こちらのベストも
ごいっしょにいかがですか。

譯 當然沒問題。要不要順便看看同系列的背心
呢？

☺店員 当店ではネクタイとベルトも取り扱っております。ワイシャツにとても合いますよ。

譯 我們店裡還有領帶跟皮帶喔，搭配白襯衫都很適合。

☺男性 どうですか。

譯 覺得如何？

☺店員 お客様、こちらのスーツ、とてもお似合いでございますよ。

譯 這位客人，這件西裝真是非常適合您呀。

☺女性 似合うことは似合いますが、値段は似合いませんね。

譯 適合是適合啦，不過價錢不合適。

ᕗ Unit 03
鞋店 靴(くつ)

→ **革靴(かわぐつ)** 皮鞋

發音 kawagutsu

這樣用〉**革靴一足(かわぐついっそく)**
譯 一雙皮鞋

簡單句 **革靴(かわぐつ)を磨(みが)く。**
譯 擦皮鞋。

→ **ハイヒール** 高跟鞋

發音 haihi-ru

這樣用〉**ハイヒール二足(にそく)**
譯 兩雙高跟鞋

簡單句 **ハイヒールの高(たか)さは何(なん)センチですか。**
譯 高跟鞋有幾公分高呢？

→ **下駄(げた)** 木屐

發音 geta

這樣用〉**下駄三足(げたさんぞく)**
譯 三雙木屐

簡單句 **下駄(げた)が履(は)きにくいです。**
譯 木屐很難穿。

→ **ブーツ** 靴子

發音 bu-tsu

這樣用〉**ブーツ四足(よんそく)**
譯 四雙靴子

簡單句 **ロングブーツを買(か)いたいと思(おも)っている。**
譯 想要買長靴。

→ **サンダル** 涼鞋

發音 sandaru

這樣用〉**サンダル五足(ごそく)**
譯 五雙涼鞋

簡單句 **履(は)きやすいサンダルを探(さが)す。**
譯 找好穿的涼鞋。

→ **スリッパ** 拖鞋

發音 surippa

這樣用〉**スリッパ六足(ろくそく)**
譯 六雙拖鞋

簡單句 **海外旅行(かいがいりょこう)に便利(べんり)な携帯(けいたい)スリッパを売(う)っている。**
譯 有賣便於海外旅行時攜帶的拖鞋。

→ **履く** 穿（鞋）
は

發音 haku

這樣用 > **レインブーツを履く。**
は
譯 穿雨靴。

簡單句) **履いてもいいですか。**
は
譯 可以試穿了嗎？

→ **靴べら** 鞋把
くつ

發音 kutsubera

這樣用 > **靴べら一本**
くつ　　いっぽん
譯 一根鞋把

簡單句) **靴べらを使う。**
くつ　　　つか
譯 用鞋把。

→ **靴墨** 鞋油
くつずみ

發音 kutsuzumi

這樣用 > **靴墨一缶**
くつずみいっかん
譯 一罐鞋油

簡單句) **靴墨を塗る。**
くつずみ　ぬ
譯 塗鞋油。

→ **インソール** 鞋墊

發音 inso-ru

這樣用 > **インソール一足**
いっそく
譯 一雙鞋墊

簡單句) **これは消臭インソールです。**
しょうしゅう
譯 這是除臭鞋墊。

→ **スニーカー** 運動鞋
うんどうぐつ
也這樣用 **運動靴**

發音 suni-ka-
　　（undo-kutsu）

這樣用 > **スニーカー七足**
ななそく
譯 七雙運動鞋

簡單句) **スニーカーを干す。**
ほ
譯 曬運動鞋。

→ **アグブーツ** 雪靴

發音 agubu-tsu

這樣用 > **アグブーツ八足**
はっそく
譯 八雙雪靴

簡單句) **アグブーツを売っていますか。**
う
譯 有賣雪靴嗎？

會話練習 Let's go! 來看看單字如何實際應用，讓生活互動更有趣生動。

◎お客 すみません、革靴を見たいんですが。
譯 不好意思，我想看看皮鞋。

◎店員 はい、靴のサイズは。
譯 好的，請問您的尺寸是？

◎お客 よく覚えていません。
譯 我不太記得耶。

◎店員 大丈夫です。すぐお測りします。少々お待ちください。試着用の靴をご用意いたします。
譯 沒關係，我馬上幫您測量。請稍等我一下，我去準備試穿的鞋子。

◎店員 どうぞ靴べらをお使いください。サイズはいかがですか。
譯 請使用鞋把。尺寸可以嗎？

◎お客 ちょうどいいです。履き心地もいいです。
譯 這雙剛好。穿起來也很舒服。

☺お客 この店は靴の種類が多いですね。サンダルにスリッパ、下駄までもあります。

譯 你們店裡鞋子的種類很多耶。有涼鞋、拖鞋，連木屐都有。

☺店員 はい、アグブーツも取り扱っておりますよ。靴の専門店ですから。

譯 是的，也有雪靴喔。因為我們是鞋子的專賣店。

☺お客 インソールと靴墨も買います。

譯 我還要買鞋墊跟鞋油。

☺店員 はい、お買い上げいただき、ありがとうございました。

譯 好的，謝謝惠顧。

⌒ Unit 04
飾品物件
アクセサリー

→ **ネックレス** 項錬

[發音] nekkuresu

[這樣用] **ネックレス一本**
  [譯] 一條項錬

[簡單句] **ネックレスをつける。**
  [譯] 戴項錬。

→ **ピアス** 耳環

[發音] piasu

[這樣用] **ピアス一個**
  [譯] 一個耳環

[簡單句] **ピアスをつける。**
  [譯] 戴耳環。

→ **ブレスレット** 手環

[發音] buresuretto

[這樣用] **ブレスレット一個**
  [譯] 一個手環

[簡單句] **ブレスレットをつけない。**
  [譯] 不戴手環。

→ **腕時計** 手錶

[發音] udedoke-

[這樣用] **腕時計一つ**
  [譯] 一支錶

[簡單句] **右腕に腕時計をする。**
  [譯] 在右手腕戴錶。

→ **ヘアゴム** 髮束

[發音] heagomu

[這樣用] **ヘアゴム一個**
  [譯] 一個髮束

[簡單句] **ヘアゴムで髪を縛る。**
  [譯] 用髮束綁頭髮。

→ **ヘアクリップ**
大髮夾

[發音] heakurippu

[這樣用] **ヘアクリップ一個**
  [譯] 一個大髮夾

[簡單句] **ヘアクリップを買った。**
  [譯] 買了大髮夾。

→ **キャップ** 棒球帽

發音 kyappu

這樣用〉**キャップ三個**
譯 三頂棒球帽

簡單句 **キャップ、かぶっ
てもいいですか。**
譯 可以試戴帽子
嗎？

→ **カンカン帽**

平頂草帽

發音 kankanbo-

這樣用〉**カンカン帽三個**
譯 三頂平頂草帽

簡單句 **カンカン帽をかぶ
る。**
譯 戴平頂草帽。

→ **めがね** 眼鏡

發音 megane

這樣用〉**めがね一本**
譯 一副眼鏡

簡單句 **めがねを掛けてい
ない。**
譯 沒戴眼鏡。

→ **耳あて** 耳罩

也這樣用 **イヤーマフ
ラー**

發音 mimiate
（ia-mafura-）

這樣用〉**耳あて三個**
譯 三副耳罩

簡單句 **耳あてをつける。**
譯 戴耳罩。

→ **指輪** 戒指

發音 yubiwa

這樣用〉**指輪一個**
譯 一個戒指

簡單句 **結婚指輪をつけて
いる。**
譯 戴著結婚戒指。

→ **ベレー帽** 貝蕾帽

發音 bere-bo-

這樣用〉**ベレー帽三個**
譯 三頂貝蕾帽

簡單句 **ベレー帽が飛ん
だ。**
譯 貝蕾帽飛走了。

125

會話練習 Let's go! 來看看單字如何實際應用，讓生活互動更有趣生動。

☺店員 **当店の指輪、ネックレス、ピアス及びブレスレットはすべて純銀製でございます。**

譯 我們店裡的戒指、項鍊、耳環、手環全部都是用純銀打造的喔。

☺女性A **このデザイン、いいですね。**

譯 這個款式還不錯。

☺女性B **これも綺麗ですね。**

譯 這個也蠻好看的。

☺女性A **まだほかにもいろんなアクセサリーがありますね。**

譯 他們還有很多其他的配件耶。

☺女性B **このめがね、私に似合いますか。**

譯 你看這眼鏡適不適合我？

☺女性A **このベレー帽をかぶると、画家みたいじゃないですか。**

譯 我戴這個貝蕾帽像不像畫家呀？

☺女性B **耳あてもある。かわい〜〜。**

譯 還有耳罩耶，好可愛喔。

☺女性A **このピアスを1セット、包んでください。**

譯 我要買這對耳環，請幫我包起來。

✎ Unit 05
運動用品店
スポーツ用品
<small>ようひん</small>

→ **バスケットボール**
籃球
發音 basukettobo-ru
這樣用 バスケットボール
一個
<small>いっ こ</small>
譯 一顆籃球
簡單句 頭 にバスケットボ
<small>あたま</small>
ールが当たった。
<small>あ</small>
譯 被籃球打到了頭。

→ **硬式ボール**
<small>こうしき</small>
硬式棒球
發音 ko-shikibo-ru
這樣用 硬式ボール一個
<small>こうしき</small> <small>いっ こ</small>
譯 一顆硬式棒球
簡單句 硬式ボールを打
<small>こうしき</small>
つ。
<small>う</small>
譯 打硬式棒球。

→ **バット** 球棒
發音 batto
這樣用 バット一本
<small>いっぽん</small>
譯 一根球棒
簡單句 バットが折れた。
<small>お</small>
譯 球棒斷了。

→ **グローブ** 棒球手套
發音 guro-bu
這樣用 グローブ一個
<small>いっ こ</small>
譯 一個棒球手套
簡單句 グローブが破れ
<small>やぶ</small>
た。
譯 棒球手套破了。

→ **テニスラケット**
網球拍
發音 tenisuraketto
這樣用 テニスラケット二
<small>に</small>
本
<small>ほん</small>
譯 兩支網球拍
簡單句 テニスラケットの
グリップを握る。
<small>にぎ</small>
譯 握網球拍的握把。

➡ テニスボール 網球

發音 tenisubo-ru

這樣用 テニスボール一個
譯 一顆網球

簡單句 テニスボールをな
くした。
譯 網球弄丟了。

➡ バドミントンラ
ケット 羽毛球拍

發音 badomintonraketto

這樣用 バドミントンラケ
ット二本
譯 兩支羽毛球拍

簡單句 バドミントンラケ
ットの選び方を調
べる。
譯 調查羽毛球拍的
選法。

➡ バドミントンの
シャトル 羽毛球

發音 badomintonnosha-
toru

這樣用 バドミントンのシ
ャトル一個
譯 一顆羽毛球

簡單句 バドミントンのシ
ャトルは軽いで
す。
譯 羽毛球很輕。

➡ ピンポン玉 桌球

發音 pinpondama

這樣用 ピンポン玉一個
譯 一顆桌球

簡單句 ピンポン玉を踏ん
でしまった。
譯 踩到桌球了。

→ **ピンポンラケット**

桌球拍

發音 pinponraketto

這樣用〉**ピンポンラケット
二本**
  - 譯 兩支桌球拍

簡單句〉**あの店で安いピン
ポンラケットを買
った。**
  - 譯 在那間店買了便
    宜的桌球拍。

→ **ホイッスル** 哨子

發音 hoissuru

這樣用〉**ホイッスル一個**
  - 譯 一個哨子

簡單句〉**ホイッスルを吹
く。**
  - 譯 吹哨子。

→ **柔道着** 柔道服

發音 ju-do-gi

這樣用〉**柔道着一着**
  - 譯 一件柔道服

簡單句〉**柔道着は洗うと縮
むから大きめを買
うというのは鉄則
です。**
  - 譯 柔道服洗了會縮
    水,所以買大件
    一點是鐵則。

會話
練習

Let's go! 來看看單字如何實際應用，
讓生活互動更有趣生動。

😊息子　お父さん、学校の野球部に入ったから、
野球用品を買いたいんだけど。

　譯 爸，我參加了學校的棒球社，我想買棒球用
品。

☺父　バットを買いたいのか。

　譯 你想買球棒呀？

😊息子　うん、それとグローブと硬式ボールも欲し
いんだけど、いい？

　譯 對，我也想要手套還有硬式棒球，可以嗎？

☺父　うん....仕方ない、ちょっと高いけど。
大切にするんだよ。

　譯 嗯，好吧，雖然有點貴。你要好好珍惜喔。

😊息子　お父さん、ありがとう。大好き～！

　譯 我會的，謝謝爸爸。我最喜歡爸爸了。

☺父　俺のテニスラケットもちょうど壊れてる
から、ついでにここで新しいのを買おうか
な。

　譯 我的網球拍也剛好壞了，順便在這邊買一支
新的好了。

131

☺息子 お母さんとお姉さんが使ってるバドミント
ンラケットも壊れてて、バドミントンのシ
ャトルもあと一個しかないよ。

譯 媽媽跟姊姊用的羽毛球拍也壞掉了，羽毛球
也只剩一個了。

☺父 なぜ家族みんなのが壊れてしまってるん
だ？

譯 怎麼全家的東西都壞光光了？

⌒ Unit 06
藥妝店
ドラッグストア

→ **化粧水** 化妝水

發音 kesho-sui

這樣用 **化粧水一本**
譯 一瓶化妝水

簡單句 **美白化粧水を買いたいです。**
譯 想買美白化妝水。

→ **乳液** 乳液

發音 nyu-eki

這樣用 **乳液一本**
譯 一瓶乳液

簡單句 **乳液を持って来るのを忘れた。**
譯 忘記帶乳液了。

→ **香水** 香水

發音 ko-sui

這樣用 **香水一本**
譯 一瓶香水

簡單句 **この香水はいい匂いって言われた。**
譯 這香水被說很好聞。

→ **口紅** 口紅

發音 kuchibeni

這樣用 **口紅一本**
譯 一支口紅

簡單句 **口紅を塗る。**
譯 塗口紅。

→ **パウダー** 粉餅
也這樣用 **ファンデーション**

（用パウダー的時候，是對「底妝產品」的總稱）

發音 pauda-
(fande-shon)

這樣用 **パウダー一個**
譯 一塊粉餅

簡單句 **おすすめのパウダーはありますか。**
譯 有推薦的粉餅嗎？

→ **チークカラー** 腮紅

發音 chi-kukara

這樣用 **チークカラー一個**
譯 一塊腮紅

簡單句 **チークカラーが割れた。**
譯 腮紅碎了。

➡ アイシャドー　眼影

発音 aishado-

這樣用 ▷ **アイシャドー一個**
譯 一盒眼影

簡單句 **これはアイシャドーを塗る前の下地です。**
譯 這是上眼影前的打底。

➡ アイブローペンシル　眉筆

発音 aiburo-penshiru

這樣用 ▷ **アイブローペンシル一本**
譯 一支眉筆

簡單句 **アイブローペンシルを削る。**
譯 削眉筆。

➡ アイライナー　眼線筆

発音 airaina-

這樣用 ▷ **アイライナー一本**
譯 一支眼線筆

簡單句 **アイラインを描くための化粧品はアイライナーと呼ぶ。**
譯 畫眼線的化妝品叫眼線筆。

➡ ビューラー　睫毛夾

発音 byu-ra-

這樣用 ▷ **ビューラー一つ**
譯 一支睫毛夾

簡單句 **ビューラーでまつ毛を挟む。**
譯 用睫毛夾夾睫毛。

➡ クレンジングオイル　卸妝油

發音 kurenjinguoiru

這樣用 クレンジングオイル一本

譯 一瓶卸妝油

簡單句 クレンジングオイルを試す。

譯 試用卸妝油。

➡ シートマスク　面膜

發音 shi-tomasuku

這樣用 シートマスク一枚

譯 一張面膜

簡單句 シートマスクで顔を覆う。

譯 用面膜敷臉。

會話練習

Let's go! 來看看單字如何實際應用，
讓生活互動更有趣生動。

☺観光客 A 日本のドラッグストアで売っているもの
は、本当にいろいろですね。

譯 日本的藥妝店賣的東西真是琳瑯滿目
呀。

☺観光客 A 一般の化粧用品例えば化粧水や乳液の
ほかに、いろいろな医薬品や、日用品、
食品なども売っていますね。

譯 除了一般的化妝用品如化妝水、乳液
外，也有販賣各式醫藥品、日用品及一
些食品等。

☺観光客 B だいたい台湾と同じですね。

譯 大致上來說跟台灣是差不多的。

☺観光客 A このドラッグストアはお客さんが多い
ですね。

譯 這間藥妝店的客人還真是多。

☺観光客 B そうですね、わざわざ飛行機で海外から
宝探しにきた人がたくさんいると聞い
ています。

譯 是呀，聽說很多人是專程從國外搭飛機
來尋寶的。

☺観光客Ｃ **これこれ！この口紅、台湾では買えないのよ。**

譯 這個這個，就是這個口紅！這個台灣買不到喔。

☺観光客Ｄ **わあ～、このアイシャドー、パウダー、チークカラー、とても使いやすいんだって。**

譯 哇，還有這個眼影、粉餅、腮紅，聽説非常好用耶。

☺観光客Ａ **じゃあ、僕も買おうかなあ。**

譯 那我也來買一下好了。

〰️ Unit 07
超級市場
スーパー

➡️ **缶詰^{かんづめ}** 罐頭

發音 kanzume

這樣用 **缶詰^{かんづめ}一個^{いっこ}**
譯 一個罐頭

簡單句 **缶詰^{かんづめ}を開^あける。**
譯 開罐頭。

➡️ **肉^{にく}** 肉

發音 niku

這樣用 **肉^{にく}100グラム**
譯 肉一百公克

簡單句 **肉^{にく}を冷蔵庫^{れいぞうこ}に入^いれる。**
譯 把肉放進冰箱。

➡️ **魚^{さかな}** 魚

發音 sakana

這樣用 **魚^{さかな} 一尾^{いちび}／一匹^{いっぴき}**
譯 （一尾魚）（一尾是用來計算較大的魚）

簡單句 **魚^{さかな}を釣^つる。**
譯 釣魚。

➡️ **ボディーシャンプー** 沐浴乳

發音 bodi-shanpu

這樣用 **ボディーシャンプー一本^{いっぽん}**
譯 一瓶沐浴乳

簡單句 **ボディーシャンプーを使^{つか}う。**
譯 用沐浴乳。

➡️ **ショッピングカート** 購物車

發音 shoppinguka-to

這樣用 **ショッピングカート一台^{いちだい}**
譯 一台購物車

簡單句 **ショッピングカートに入^いれる。**
譯 放進購物車。

→ **生理用品** 生理用品

發音 se-riyo-hin

這樣用 **生理用品をどこにしまっていますか。**

譯 生理用品放在哪呢？

簡單句 **生理用品を紙袋に入れる。**

譯 把生理用品放進紙袋。

→ **バナナ** 香蕉

發音 banana

這樣用 **バナナ一本**

譯 一根香蕉

簡單句 **バナナの皮を剝く。**

譯 剝香蕉皮。

→ **すいか** 西瓜

發音 suika

這樣用 **すいか一玉**

譯 一顆西瓜

簡單句 **すいかを切る。**

譯 切西瓜。

→ **トマト** 番茄

發音 tomato

這樣用 **トマト一個**

譯 一顆番茄

簡單句 **トマトを植える。**

譯 種番茄。

→ **葡萄** 葡萄

發音 budo-

這樣用 **葡萄ひとふさ**

譯 一串葡萄

簡單句 **葡萄を採る。**

譯 採葡萄。

→ **ほうれん草** 菠菜

發音 ho-renso-

這樣用 **ほうれん草一把**

譯 一把菠菜

簡單句 **ポパイはほうれん草の缶詰が好きです。**

譯 卜派喜歡菠菜罐頭。

→ **玉ねぎ** 洋蔥

發音 tamanegi

這樣用 **玉ねぎ一個**

譯 一顆洋蔥

簡單句 **玉ねぎを切ると涙が出る。**

譯 切洋蔥會流眼淚。

會話練習

Let's go! 來看看單字如何實際應用，讓生活互動更有趣生動。

☺ 母
今晩の料理に使う材料を買おうね。
譯 我們來買今天晚上料理要用的材料吧。

☺ 娘
私は魚の蒸し料理、そしてチンジャオロースを食べたい。
譯 我想吃清蒸魚還有青椒炒牛肉。

☺ 母
はい。ついでに味噌汁も作ろうね。
譯 好呀，順便煮個味噌湯好了。

☺ 娘
今、ほうれん草と玉ねぎの特売をしてるよ。
譯 現在菠菜跟洋蔥在特價耶。

☺ 母
じゃ、野菜を買おうか。葡萄とバナナも少し買おう。
譯 嗯，買點蔬菜好了。葡萄跟香蕉也買一點。

☺ 娘
ショッピングカートの中の物を確認しよう。
譯 我們來確認一下購物車裡的東西吧。

☺母 **缶詰、魚、肉、野菜 ...。何か忘れてるような気がするんだけど ...。**
譯 罐頭、魚、肉、蔬菜⋯⋯。覺得好像還忘了什麼。

☺娘 **あ、ボディーシャンプーだ！**
譯 還少沐浴乳！

☺母 **そうそう、それ。それだ。あなたを連れてきて良かった～。**
譯 對對，就是那個，好險有帶你來～。

☺娘 **じゃあ、ボディーシャンプーを取りにいこう。**
譯 那我們去拿沐浴乳吧。

⌒ Unit 08
便利商店

コンビニ

➡ **プリン** 布丁

發音 purin

這樣用 > プリン一個
譯 一個布丁

簡單句 プリンを食べる。
譯 吃布丁。

➡ **シュークリーム**
泡芙

發音 sku-kuri-mu

這樣用 > シュークリーム一個
譯 一個泡芙

簡單句 シュークリームを焼く。
譯 烤泡芙。

➡ **ゼリー** 果凍

發音 zeri-

這樣用 > ゼリー一個
譯 一個果凍

簡單句 ゼリーは弾力性のある半固体のものです。
譯 果凍是有彈性的半固體。

➡ **おにぎり** 飯糰

發音 onigiri

這樣用 > おにぎり一個
譯 一個飯糰

簡單句 おにぎりを握る。
譯 捏飯糰。

➡ **肉まん** 肉包

發音 nikuman

這樣用 > 肉まん一個
譯 一個肉包

簡單句 肉まんをふかす。
譯 蒸肉包。

➡ **払う** 付錢

發音 harau

這樣用 > お金を払う。
譯 付錢。

簡單句 私が払う。
譯 我付錢。

→ **ウーロン茶** 烏龍茶

發音 u-roncha

這樣用〉**ウーロン茶一本**
譯 一瓶烏龍茶

簡單句 **ウーロン茶を飲む。**
譯 喝烏龍茶。

→ **ミネラルウォーター** 礦泉水

發音 mineraruwo-ta-

這樣用〉**ミネラルウォーター一本**
譯 一瓶礦泉水

簡單句 **ミネラルウォーターしか飲まない。**
譯 只喝礦泉水。

→ **タバコ** 香菸

發音 tabako

這樣用〉**タバコ一本**
譯 一支菸

簡單句 **タバコをやめる。**
譯 戒菸。

→ **インスタントラーメン** 泡麵

發音 insutantora-men

這樣用〉**インスタントラーメン一杯**
譯 一碗泡麵

簡單句 **大阪にインスタントラーメン発明記念館がある。**
譯 在大阪有泡麵發明紀念館。

→ **新聞** 報紙

發音 shinbun

這樣用〉**新聞一部**
譯 一份報紙

簡單句 **新聞を配達する。**
譯 送報紙。

→ **雑誌** 雜誌

發音 zasshi

這樣用〉**雑誌一冊**
譯 一本雜誌

簡單句 **コンビニで雑誌を買った。**
譯 在便利商店買了雜誌。

會話練習

Let's go! 來看看單字如何實際應用，
讓生活互動更有趣生動。

☺店員 **いらっしゃいませ！**
  譯 歡迎光臨！

☺観光客 A **日本のコンビニは台湾と似ていますね。
  肉まんとかおにぎりなども売っていま
  す。**
  譯 日本的便利商店跟台灣很像耶。也有賣
    肉包、飯糰之類的。

☺観光客 A **ウーロン茶の種類だけで台湾の何倍も
  ありますね。**
  譯 光是烏龍茶種類就是台灣的好幾倍呢。

☺観光客 B **新商品導入も早いですが、淘汰されるの
  も早いです。**
  譯 他們雖然新品上架速度快，相對地被淘
    汰速度也很快。

☺観光客 A **そうですね。**
  譯 説得也是。

☺観光客 A　デザート系を食べてみたいな。プリン、
シュークリームとゼリー。台湾よりおいしいかどうか試してみます。

　　譯　我想嚐嚐看他們甜點系列：布丁、泡芙
　　　　還有果凍，看看有沒有比台灣的好吃。

☺観光客 B　ホテルに戻ってから、夜食にインスタントラーメンを食べたいです。

　　譯　回飯店後我想吃泡麵當宵夜。

☺観光客 B　お金を払いに行きましょう。

　　譯　我們去付錢吧。

☺店員　ありがとうございました！！

　　譯　謝謝光臨！

145

Part 06 音檔雲端連結

因各家手機系統不同，若無法直接掃描，仍可以至以下電腦雲端連結下載收聽。

（**https://tinyurl.com/yc3p3ksz**）

Part 6

其他日常需求

其他日常需求

⌒ Unit 01
教室内 きょうしつ 教室

➡ **黒板** こくばん 黑板

發音 kokuban

這樣用▷ **黒板一枚** こくばんいちまい
譯 一塊黑板

簡單句 **黒板に落書きをする。** こくばん らくが
譯 在黑板上塗鴉。

➡ **黒板消し** こくばん け 板擦

發音 kokubankeshi

這樣用▷ **黒板消し一個** こくばん け いっこ
譯 一個板擦

簡單句 **黒板消しで黒板に書かれた字を消す。** こくばん け こくばん か じ け
譯 用板擦把黑板上寫的字擦掉。

➡ **チョーク** 粉筆

發音 cho-ku

這樣用▷ **チョーク一本** いっぽん
譯 一支粉筆

簡單句 **花をチョークで描く。** はな か
譯 用粉筆畫花。

➡ **修正液** しゅうせいえき 修正液

發音 shu-se-eki

這樣用▷ **修正液一本** しゅうせいえきいっぽん
譯 一支修正液

簡單句 **修正液は白色であることが多いです。** しゅうせいえき はくしょく おお
譯 修正液大多是白色的。

➡ **書く** か 書寫

發音 kaku

這樣用▷ **文章を書く。** ぶんしょう か
譯 寫文章。

簡單句 **ここで書く。** か
譯 寫在這裡。

➡ **筆箱** ふでばこ 鉛筆盒

發音 fudebako

這樣用▷ **筆箱一個** ふでばこいっこ
譯 一個鉛筆盒

簡單句 **筆箱の中身を見せてください。** ふでばこ なかみ み
譯 請讓我看鉛筆盒裡面。

→ **机** 課桌
つくえ

發音 tsukue

這樣用 **机一台**
つくえいちだい
譯 一張課桌

簡單句 **机を並べる。**
つくえ なら
譯 排課桌。

→ **椅子** 椅子
い す

發音 isu

這樣用 **椅子一脚**
い す いっきゃく
譯 一張椅子

簡單句 **椅子を買う前に**
い す か まえ
実際に座ってみ
じっさい すわ
る。
譯 買椅子前實際坐
看看。

→ **定規** 尺
じょう ぎ

發音 jo-gi

這樣用 **定規一本**
じょう ぎ いっぽん
譯 一支尺

簡單句 **定規を折る。**
じょう ぎ お
譯 把尺折斷。

→ **演壇**
えんだん

也這樣用 **教卓**
きょうたく

講台（用**教卓**的時候專指
教室的講台）

發音 endan（kyo-taku）

這樣用 **演壇一台**
えんだんいちだい
譯 一個講台

簡單句 **演壇に登る。**
えんだん のぼ
譯 上講台。

→ **コンパス** 圓規

發音 konpasu

這樣用 **コンパス一個**
いっこ
譯 一支圓規

簡單句 **コンパスで円を描**
えん か
く。
譯 用圓規畫圓。

→ **教科書** 課本
きょう か しょ

發音 kyo-kasho

這樣用 **教科書一冊**
きょう か しょいっさつ
譯 一本教科書

簡單句 **教科書を勉強す**
きょう か しょ べんきょう
る。
譯 讀教科書。

會話練習 Let's go! 來看看單字如何實際應用，讓生活互動更有趣生動。

☺班長 **起立！礼！着席！**
　　　譯 起立！敬禮！坐下！

☺先生 **これから数学の授業を始めます。教科書と定規とコンパスを出してください。**
　　　譯 接下來我們來上數學課，大家把課本、尺跟圓規拿出來。

☺生徒たち **はい。**
　　　　　譯 好。

☺先生 **まずは質問です。2 掛ける 15、足す 6、割る 2 はいくつでしょうか。**
　　　譯 首先先問一個問題，2 乘以 15 加 6 後再除以 2 是多少？

☺先生 **分かる人、手を挙げてください。**
　　　譯 會解答的舉手。

☺生徒 A **はいはい私、私です。**
　　　　譯 我我我！

☺先生 前に来て、チョークで黒板に答えを書いて
ください。

譯 好，來前面這邊，用粉筆在黑板上寫下答
案。

☺生徒A 答えは **18** です。

譯 答案是 18。

☺先生 正解です。皆さん拍手してください。

譯 正確，請大家鼓鼓掌。

☺生徒B 修正液を貸してください。書き間違いま
した。

譯 修正液借我一下，我寫錯了。

ᏇᎧ Unit 02
學校操場
<ruby>運動場<rt>うんどうじょう</rt></ruby>

→ **トラック** 跑道

發音 torakku

這樣用▶ トラックを<ruby>一周<rt>いっしゅう</rt></ruby>する。
譯 繞一圈操場。

簡單句 これは100メートルトラックです。
譯 這是100公尺的跑道。

→ <ruby>走る<rt>はし</rt></ruby> 跑

發音 hashiru

這樣用▶ <ruby>廊下<rt>ろうか</rt></ruby>を<ruby>走<rt>はし</rt></ruby>らないようにしてください。
譯 請不要在走廊上跑。

簡單句 <ruby>一生懸命<rt>いっしょうけんめい</rt></ruby>に<ruby>走<rt>はし</rt></ruby>る。
譯 拚命地跑。

→ <ruby>体操着<rt>たいそうぎ</rt></ruby> 體育服

發音 taiso-gi

這樣用▶ <ruby>体操着<rt>たいそうぎ</rt></ruby><ruby>一着<rt>いっちゃく</rt></ruby>
譯 一件體育服

簡單句 <ruby>体操着<rt>たいそうぎ</rt></ruby>を<ruby>着<rt>き</rt></ruby>る。
譯 穿體育服。

→ **ブランコ** 鞦韆

發音 buranko

這樣用▶ ブランコ<ruby>一台<rt>いちだい</rt></ruby>／<ruby>一基<rt>いっき</rt></ruby>
譯 一座鞦韆

簡單句 ブランコに<ruby>乗<rt>の</rt></ruby>る。
譯 盪鞦韆。

→ <ruby>先生<rt>せんせい</rt></ruby> 老師

發音 sense-

這樣用▶ <ruby>先生一人<rt>せんせいひとり</rt></ruby>
譯 一個老師

簡單句 <ruby>厳<rt>きび</rt></ruby>しい<ruby>先生<rt>せんせい</rt></ruby>は<ruby>良<rt>い</rt></ruby>い<ruby>先生<rt>せんせい</rt></ruby>ですか。
譯 嚴厲的老師就是好老師嗎？

→ 生徒 學生

發音 se-to

這樣用 > 生徒三十人
譯 三十個學生

簡單句 生徒に教える。
譯 教學生。

→ 砂場 沙坑

發音 sunaba

這樣用 > 砂場一つ
譯 一座沙坑

簡單句 砂場で遊ぶ。
譯 在沙坑玩。

→ 芝生 草地

發音 shibafu

這樣用 > 芝生でピクニック。
譯 在草地上野餐。

簡單句 芝生を植える。
譯 種植草地。

→ 木 樹

發音 ki

這樣用 > 木一本
譯 一棵樹

簡單句 木を切る。
譯 砍樹。

→ シーソー 翹翹板

發音 shi-so-

這樣用 > シーソー一台
譯 一座翹翹板

簡單句 シーソーに座る。
譯 坐翹翹板。

→ 鉄棒 單槓

發音 tetsubo-

這樣用 > 鉄棒一基
譯 一座單槓

簡單句 鉄棒を作る。
譯 架單槓。

→ すべり台 溜滑梯

發音 suberidai

這樣用 > すべり台一台／一基
譯 一座溜滑梯

簡單句 すべり台をすべる。
譯 溜溜滑梯。

😊先生 **これから体育の授業を始めます。皆さん体
操着に着替えましたか。**

譯 接下來我們來上體育課，大家都換好<u>體育服</u>
了嗎？

😊生徒たち **着替えました～。**

譯 換好了～。

😊先生 **よし、まずはトラックを一周ゆっくり走り
ましょう。**

譯 很好，大家一起先繞<u>跑道</u>慢慢跑一圈吧。

😊生徒たち **はい。**

譯 好。

😊先生 **次は自由時間です。皆さん安全に注意し
て、怪我をしないように。**

譯 接下來是自由活動時間。大家要小心注意安
全，不要受傷了喔。

😊生徒A **シーソーで遊ぼう。**

譯 我們去玩<u>翹翹板</u>吧。

154

☺生徒 B **すべり台とブランコのほうへ行こう。**

譯 我們去溜滑梯還有鞦韆那邊吧。

☺生徒C **僕は砂場でお城を作る。**

譯 我要在沙坑蓋一座城堡。

☺生徒 D **あっ、君の服、汚れてるよ。**

譯 啊,你的衣服都髒掉了。

☺生徒たち **自由時間、大好き～。**

譯 我們最喜歡自由活動了～。

Ꮳ Unit 03
辦公室
オフィス

➡ **パソコン** 電腦

發音 pasokon

這樣用〉 **パソコン一台**
譯 一台電腦

簡單句) **パソコンを組み立てる。**
譯 組裝電腦。

➡ **ノートパソコン**
筆電

發音 no-topasokon

這樣用〉 **ノートパソコン一台**
譯 一台筆電

簡單句) **ノートパソコンを買う。**
譯 買筆電。

➡ **マウス** 滑鼠

發音 mausu

這樣用〉 **マウス一個**
譯 一個滑鼠

簡單句) **マウスをさす。**
譯 插滑鼠。

➡ **筆記帳** 筆記本

也這樣用 **ノート**

發音 hikkicho-（no-to)

這樣用〉 **筆記帳一冊**
譯 一本筆記本

簡單句) **筆記帳に書く。**
譯 寫在筆記本。

➡ **キーボード** 鍵盤

發音 ki-bo-do

這樣用〉 **キーボード一個**
譯 一個鍵盤

簡單句) **キーボードを打つ。**
譯 打字。

➡ **コピー機** 影印機

發音 kopi-ki

這樣用〉 **コピー機一台**
譯 一台影印機

簡單句) **コピー機の使い方を教えてください。**
譯 請教我影印機的用法。

→ **ファックス** 傳真機

發音 fakkusu

這樣用〉**ファックス一台**
　　いちだい
譯 一台傳真機

簡單句 **ファックスが壊れ**
　　　　　　　　　こわ
た。
譯 傳真機壞了。

→ **書類** 文件
　 しょるい

發音 shorui

這樣用〉**書類一通**
　　しょるいいっつう
譯 一份文件

簡單句 **書類をまとめる。**
　　しょるい
譯 整理文件。

→ **コピー用紙** 影印紙
　　　よう し

發音 kopi-yo-shi

這樣用〉**コピー用紙一枚**
　　　よう し いちまい
譯 一張影印紙

簡單句 **コピー用紙を購**
　　　よう し こう
入 する。
　にゅう
譯 買影印紙。

→ **はんこ** 印章

發音 hanko

這樣用〉**はんこ一個**
　　　いっこ
譯 一個印章

簡單句〉**はんこを押す。**
　　　　　　　お
譯 蓋印章。

→ **テープ** 膠帶

也這樣用 **セロハンテー**
ープ

發音 te-pu
（serohante-pu）

這樣用〉**セロハンテープ一**
　　　　　　　　　　いっ
個
こ
譯 一捲膠帶

簡單句 **セロハンテープを**
切る。
き
譯 剪斷膠帶。

→ **ホッチキス** 訂書機

發音 hocchikisu

這樣用〉**ホッチキス一個**
　　　　　いっこ
譯 一個訂書機

簡單句 **ホッチキスの針を**
　　　　　　　　はり
買う。
か
譯 買訂書機。

157

會話練習

Let's go! 來看看單字如何實際應用，
讓生活互動更有趣生動。

☺上司 **これはあなた専用のノートパソコンとマウ
スです。**

譯 這是給你專用的筆電及滑鼠。

☺新入社員 **ありがとうございます。**

譯 謝謝。

☺上司 **この書類を 10 部コピーしてもらえませんか。**

譯 可以幫我把這些文件影印 10 份嗎？

☺新入社員 **はい。あのう、コピー機の中の紙が足り
ないようですが。**

譯 好的。不好意思，影印機裡的紙好像不
夠了。

☺上司 **コピー用紙はファックスが置いてある机の
下です。**

譯 影印紙在放傳真機的那個桌子底下。

☺新入社員 **コピーが終わりました。**

譯 全部印好了。

☺上司 次はホッチキスで１部ずつまとめてください。

譯 接下來幫我用訂書機把每一份分別整理好。

☺新入社員 はい、分かりました。

譯 好，我知道了。

☺上司 はい、ご苦労さま。あとは会議室の中に置いておいてください。

譯 好，辛苦了。之後把它放在會議室裡就可以了。

∿ Unit 04
會議室
かいぎしつ
会議室

➛ ホワイトボード
白板

發音 howaitobo-do

這樣用> ホワイトボード
いちまい
一枚
譯 一塊白板

簡單句) ホワイトボードが
とど
届いた。
譯 白板送來了。

➛ ボードマーカー
白板筆

發音 bo-doma-ka-

這樣用> ボードマーカー
いっぽん
一本
譯 一支白板筆

簡單句) ボードマーカーを
す。
譯 找白板筆。

➛ 円グラフ　圓餅圖
えん

發音 engurafu

這樣用> 円グラフ一つ
えん　　　　ひと
譯 一個圓餅圖

簡單句) 円グラフを壁に貼
えん　　　　かべ　は
る。
譯 把圓餅圖貼在牆
上。

➛ ダブルクリップ
蝴蝶夾

發音 daburukurippu

這樣用> ダブルクリップ一
いっ
個
こ
譯 一個蝴蝶夾

簡單句) ダブルクリップが
なくなった。
譯 蝴蝶夾不見了。

➛ 電卓　計算機
でんたく

發音 dentaku

這樣用> 電卓一台
でんたくいちだい
譯 一台計算機

簡單句) 電卓を床に落とし
でんたく　ゆか　お
た。
譯 把計算機弄掉在
地上了。

→ システム手帳
て ちょう

活頁筆記本

發音 shisutemutecho-

這樣用 **システム手帳一冊**
て ちょういっさつ

譯 一本活頁筆記本

簡單句 **システム手帳を破る。**
て ちょう やぶ

譯 把活頁筆記本撕破。

→ マイク 麥克風

發音 maiku

這樣用 **マイク一本**
いっぽん

譯 一支麥克風

簡單句 **マイクをつける。**

譯 打開麥克風。

→ 部長 部長
ぶ ちょう

發音 bucho-

這樣用 **部長一人**
ぶ ちょうひと り

譯 一個部長

簡單句 **部長と話す。**
ぶ ちょう はな

譯 和部長說話。

→ 社員 社員
しゃいん

發音 shain

這樣用 **社員三人**
しゃいんさんにん

譯 三個社員

簡單句 **仕事を社員に回す。**
し ごと しゃいん まわ

譯 把工作轉給社員。

→ 会議資料 會議資料
かい ぎ し りょう

發音 kaigishiryo-

這樣用 **会議資料一部**
かい ぎ し りょういち ぶ

譯 一份會議資料

簡單句 **会議資料 の内容を考える。**
かい ぎ し りょう ないよう かんが

譯 思考會議資料的內容。

→ プロジェクタースクリーン

投影機螢幕

發音 purojekuta-sukuri-n

這樣用 **プロジェクタースクリーン一面**
いちあん

譯 一個投影機螢幕

簡單句 **プロジェクタースクリーンを設置した。**
せっ ち

譯 架設了投影機螢幕。

161

→ プロジェクター

投影機

發音 purojekuta-

這樣用 プロジェクター
一台
いちだい
譯 一台投影機

簡單句 プロジェクターを
消す。
け
譯 關掉投影機。

▶ Track 068

會話
練習

Let's go! 來看看單字如何實際應用，
讓生活互動更有趣生動。

☺社員A 部長もうすぐ来るぞ。準備はできている
しゃいん ぶちょう く じゅんび
か。
譯 待會部長就要來了，東西都準備好了嗎？

☺社員B もうちょっとです。
しゃいん
譯 再一下下就好了。

☺社員A 何をやってるんだ。今さらまだですっ
しゃいん なに いま
て。
譯 你在搞什麼呀，到現在都還沒弄好。

☺社員B 先輩すみません。すぐ終わります。

譯 前輩不好意思，馬上就好。

☺社員A 席ごとに会議資料を間違えずに置いて。

譯 每個座位上都要確實擺上會議資料。

☺社員A プロジェクターとプロジェクタースクリーンは？

譯 投影機跟投影機螢幕呢？

☺社員B はい、ここです。ホワイトボードとボードマーカーも用意しました。

譯 有，在這裡。白板跟白板筆我也準備好了。

☺社員A マイクはテストした？

譯 麥克風測試過了嗎？

☺社員B はい、正常です。

譯 有，是正常的。

☺社員A 会議の時間です。皆さん早く自分の席に座ってください。

譯 會議時間到了，請大家趕快坐到自己的位子上。

☺部長 みなさん、こんにちは。本日はいいお知らせがあります。

譯 大家午安，今日要來跟各位宣布一個好消息。

ᕦ Unit 05
美容院 美容室
びようしつ

→ **タオル** 毛巾

發音 taoru

這樣用> タオル一枚
いちまい
譯 一條毛巾

簡單句 タオルを洗う。
あら
譯 洗毛巾。

→ **ステレオ** 音響

發音 sutereo

這樣用> ステレオ一台
いちだい
譯 一台音響

簡單句 ステレオを消す。
け
譯 關掉音響。

→ **はさみ** 剪刀

發音 hasami

這樣用> はさみ一本
いっぽん
譯 一把剪刀

簡單句 はさみで切る。
き
譯 用剪刀剪。

→ **櫛** 梳子
くし

發音 kushi

這樣用> 櫛一本
くしいっぽん
譯 一把梳子

簡單句 櫛で髪をすく。
くし かみ
譯 用梳子梳頭髮。

→ **髪** 頭髮
かみ

發音 kami

這樣用> 髪一本
かみいっぽん
譯 一根頭髮

簡單句 髪を伸ばす。
かみ の
譯 留長頭髮。

→ **ヘアデザイナー**
髮型設計師

發音 headezaina-

這樣用> ヘアデザイナー
一人
ひとり
譯 一個髮型設計師

簡單句 ヘアデザイナーに
なりたい。
譯 想當髮型設計師。

→ **整髪料** 髪臘

也這樣用 **ヘアワックス**

（用**整髪料**時可當「髮類
造形品」的總稱）

發音 se-hatsuryo

（heawakkusu）

這樣用 > **整髪料一缶**

譯 一罐髮臘

簡單句) **よく整髪料を使
う。**

譯 常用髮臘。

→ **マニキュア** 指甲油

發音 manikyua

這樣用 > **マニキュア一個／
一本**

譯 一瓶指甲油

簡單句) **マニキュアを塗
る。**

譯 擦指甲油。

→ **シャンプー** 洗髪乳

發音 shanpu-

這樣用 > **シャンプー一本**

譯 一瓶洗髮乳

簡單句) **天然シャンプーは
高いです。**

譯 天然洗髮乳很貴。

→ **リンス** 潤髪乳

發音 rinsu

這樣用 > **リンス一本**

譯 一瓶潤髮乳

簡單句) **リンスする。**

譯 潤髮。

→ **ドライヤー** 吹風機

發音 doraiya-

這樣用 > **ドライヤー一台**

譯 一支吹風機

簡單句) **ドライヤーで濡れ
た髪の毛を乾か
す。**

譯 用吹風機把濕髮
吹乾。

→ **パーマをする** 燙髪

發音 pa-mawosuru

這樣用 > **パーマをしたい。**

譯 想燙髮。

簡單句) **パーマをしない。**

譯 不要燙髮。

Let's go! 來看看單字如何實際應用，
讓生活互動更有趣生動。

☺ ヘアデザイナー こんにちは。今日はどのような
ヘアスタイルになさいますか。

譯 您好，請問今天您要什麼樣的髮
型？

☺ お客 パーマをしたいです。

譯 我想要燙頭髮。

☺ ヘアデザイナー はい、分かりました。その前に
はさみでちょっとだけカットし
ます。

譯 好的，我知道了。在那之前我先
用剪刀幫您稍微修剪一下。

☺ お客 はさみは皆、自分専用ですか。

譯 剪刀大家都是用自己專屬的嗎？

☺ ヘアデザイナー はい、自分専用のものです。

譯 是的，都是我們個人專用的。

☺ お客 私は整髪料をよく使うので、髪の毛が痛
みやすくて困っているんです。

譯 我有用髮蠟的習慣。頭髮狀態很糟，令我很
困擾。

☺ ヘアデザイナー 普段からシャンプーで髪の毛を
ちゃんときれいに洗わなければ
なりません。

譯 平常時，一定要用<u>洗髮精</u>將頭髮
徹底清洗乾淨。

☺ ヘアデザイナー たまには、リンスで髪をケアし
てください。

譯 偶爾呢，也可以用<u>潤髮乳</u>保養頭
髮。

☺ お客 ドライヤーもあまり髪の毛に近づかないよ
うに。そうしないと、髪の毛にダメージを
与える、ですよね。

譯 <u>吹風機</u>也不要太靠近頭髮，會傷髮質，對
吧？

☺ ヘアデザイナー その通りです。はい、カットが
終わりました。次はパーマをし
ます。

譯 沒有錯。好，剪好了，接下來是
<u>燙髮</u>囉。

☺ お客 はい、よろしくお願いします。

譯 好的，麻煩您了。

⟿ Unit 06
薬局 薬局(やっきょく)

➡ **軟膏(なんこう)** 藥膏

發音 nanko-

這樣用 **軟膏一つ(なんこうひと)**
譯 一罐/瓶藥膏

簡單句 **この軟膏(なんこう)は塗(ぬ)りやすいです。**
譯 這藥膏很好塗。

➡ **ピンセット** 鑷子

發音 pinsetto

這樣用 **ピンセット一本(いっぽん)**
譯 一根鑷子

簡單句 **ピンセットで挟(はさ)む。**
譯 用鑷子夾。

➡ **包帯(ほうたい)** 繃帶

發音 ho-tai

這樣用 **包帯一個(ほうたいいっこ)**
譯 一捲繃帶

簡單句 **手(て)に包帯(ほうたい)を巻(ま)く。**
譯 用繃帶包手。

➡ **耳式体温計(みみしきたいおんけい)**
耳溫槍

發音 mimishikitaionke-

這樣用 **耳式体温計一本(みみしきたいおんけいいっぽん)**
譯 一支耳溫槍

簡單句 **耳式体温計(みみしきたいおんけい)は便利(べんり)です。**
譯 耳溫槍很方便。

➡ **マスク** 口罩

發音 masuku

這樣用 **マスク一枚(いちまい)**
譯 一個口罩

簡單句 **マスクをつける。**
譯 戴口罩。

➡ **絆創膏(ばんそうこう)** OK 繃

發音 banso-ko-

這樣用 **絆創膏一枚(ばんそうこういちまい)**
譯 一張OK繃

簡單句 **顔(かお)に絆創膏(ばんそうこう)を貼(は)る。**
譯 在臉上貼OK繃。

→ **体温計** 體溫計
たいおんけい

發音 taionke-

這樣用 **体温計一本**
たいおんけいいっぽん
譯 一支體溫計

簡單句 **体温計で体温をは**
たいおんけい たいおん
かる。
譯 用體溫計量體
溫。

───

→ **生理食塩水**
せい り しょくえんすい

生理食鹽水

發音 se-rishokuensui

這樣用 **生理食塩水100ミ**
せい り しょくえんすい
リリットル
譯 一百毫升生理食
鹽水

簡單句 **生理食塩水で目を**
せい り しょくえんすい め
洗う。
あら
譯 用生理食鹽水洗
眼睛。

───

→ **目薬** 眼藥水
め ぐすり

發音 megusuri

這樣用 **目薬一本**
め ぐすりいっぽん
譯 一瓶眼藥水

簡單句 **目に目薬をさす。**
め め ぐすり
譯 滴眼藥水。

───

→ **綿球** 棉球
めんきゅう

發音 menkyu

這樣用 **綿球一球**
めんきゅういっきゅう
譯 一顆棉球

簡單句 **綿球を取る**
めんきゅう と
譯 取出棉球。

───

→ **ガーゼ** 紗布

發音 ga-ze

這樣用 **ガーゼ一枚**
いちまい
譯 一塊紗布

簡單句 **ガーゼをはがす。**
譯 撕下紗布。

───

→ **薬剤師** 藥劑師
やくざい し

發音 yakuzaishi

這樣用 **薬剤師一人**
やくざい し ひとり
譯 一個藥劑師

簡單句 **薬剤師に薬の効果**
やくざい し くすり こうか
を聞く。
き
譯 問藥劑師藥效。

會話練習

Let's go! 來看看單字如何實際應用，
讓生活互動更有趣生動。

☺婦人 すみません、息子がさっき転んで、足から
血が出ているんです。ここはガーゼとか売
っていますか。

譯 不好意思，我兒子剛剛摔倒腳流血了，請問
這裡有賣紗布之類的東西嗎？

☺薬剤師 はい、あります。包帯も要りますか。

譯 有的。繃帶也有需要嗎？

☺婦人 要ります。あと軟膏と絆創膏もください。

譯 好，還有也請給我藥膏跟 OK 繃。

☺薬剤師 傷をきれいにしてから使ってください
ね。

譯 記得要先清潔傷口後再使用喔。

☺婦人 どうやって傷をきれいにするんですか。

譯 請問要怎麼樣清潔傷口呢？

☺薬剤師 生理食塩水を使います。傷をきれいにして
から軟膏で消毒するんです。

譯 可以用生理食鹽水。清洗傷口之後才能使
用藥膏進行消毒。

☺薬剤師 ここで 注意しなければならないことは、
手で直接傷口を触らないことです。

譯 但是要注意的是，不可以直接用手碰觸傷
口喔。

☺婦人 そうですか。じゃあ、ピンセットをくださ
い。

譯 這樣子呀，那請給我鑷子。

☺薬剤師 はい、分かりました。

譯 好的，我知道了。

ᐁ Unit 07
公園 _{こうえん} 公園

→ 犬 _{いぬ} 狗

發音 inu
這樣用> 犬一匹 _{いぬいっぴき}
譯 一隻狗
簡單句) 犬を飼う。 _{いぬ か}
譯 養狗。

→ 蝶 _{ちょう} 蝴蝶

發音 cho-
這樣用> 蝶一匹 _{ちょういっぴき}
譯 一隻蝴蝶
簡單句) 蝶をつかまえる。 _{ちょう}
譯 捉蝴蝶。

→ 猫 _{ねこ} 貓

發音 neko
這樣用> 猫一匹 _{ねこいっぴき}
譯 一隻貓
簡單句) 猫をじゃらす。 _{ねこ}
譯 逗貓玩。

→ 電話ボックス _{でん わ}

電話亭
發音 denwabokkusu
這樣用> 電話ボックス一台 _{でん わ いちだい}
譯 一座電話亭
簡單句) 電話ボックスは狭いです。 _{でん わ せま}
譯 電話亭很窄。

→ 散歩する _{さん ぽ} 散步

發音 sanposuru
這樣用> 犬と散歩する。 _{いぬ さん ぽ}
譯 和狗散步。
簡單句) 公園を散歩する。 _{こうえん さん ぽ}
譯 在公園散步。

→ ベンチ 長椅

發音 benchi
這樣用> ベンチ一脚 _{いっきゃく}
譯 一張長椅
簡單句) ベンチに座る。 _{すわ}
譯 坐長椅。

→ 池 _{いけ} 池塘

發音 ike
這樣用> 池一面 _{いけいちめん}
譯 一個池塘
簡單句) 子供が池で遊ぶ。 _{こ ども いけ あそ}
譯 小孩在池塘玩。

→ **あずまや** 涼亭

發音 azumaya

這樣用 **あずまや一宇**
　　　 譯 一座涼亭

簡單句 **あずまやで休む。**
　　　 譯 在涼亭休息。

→ **ロータス** 蓮花

也這樣用 **蓮**

發音 ro-tasu（hasu）

這樣用 **ロータス一輪**
　　　 譯 一朵蓮花

簡單句 **ロータスを植える。**
　　　 譯 種蓮花。

→ **蜂** 蜜蜂

發音 hachi

這樣用 **蜂一匹**
　　　 譯 一隻蜜蜂

簡單句 **蜂に刺された。**
　　　 譯 被蜜蜂螫了。

→ **ピクニック** 野餐

發音 pikunikku

這樣用 **ピクニックマット**
　　　 譯 野餐墊

簡單句 **花園でピクニック。**
　　　 譯 在花園野餐。

→ **桜** 櫻花樹

發音 sakura

這樣用 **桜一本**
　　　 譯 一棵櫻花樹

簡單句 **桜の花が咲く。**
　　　 譯 櫻花開。

會話練習 Let's go! 來看看單字如何實際應用，讓生活互動更有趣生動。

☺友達A **この公園は広いですね。**

譯 這公園好大呀。

☺友達B **そうですね。休日には大勢の人がここで散歩したり、運動したりしています。**

譯 是呀，假日都會有很多人來散散步啦，做做運動。

☺友達A **犬を連れて走っている人がいますよ。犬かわいい～。**

譯 有人牽著狗在跑步耶，小狗好可愛喔～。

☺友達B **あそこにあずまやがあります。あそこですこし休みましょう。**

譯 那邊有涼亭，我們在那休息一下吧。

☺友達B **ベンチに座って池のロータスを見て、のんびりするのは気分がいいですね。**

譯 坐在長椅上欣賞池裡的蓮花，這悠閒的感覺真是棒呀。

☺友達A **蜂が葉に止まっていますよ。**

譯 有蜜蜂停在葉子上耶。

☺友達B **多分仕事が大変だから、休んでいるんでしょう。**

譯 可能工作太累了，現在在休息吧。

☺友達A **日本の桜はとても綺麗だと聞きましたが、本当ですか。**

譯 聽說日本的櫻花很漂亮，是真的嗎？

☺友達B **本当ですよ。毎年四月になると、皆は近くの公園などへお花見に行って、桜の木の下でピクニックしたり、歌を歌ったりしていますよ。**

譯 是呀，每年到了四月，大家都會到附近的公園等處去賞花，還會在<u>櫻花樹下野餐</u>，唱唱歌呢。

☺友達A **わあ～、この目で見てみたいなあ～。**

譯 哇，真想親眼看看呀。

⌒ Unit 08
博物館 博物館
はくぶつかん

➡ 油彩画 油畫
ゆ さい が

發音 yusaiga

這樣用> 油彩画一点
ゆ さい が いってん
譯 一幅油畫

簡單句) 油彩画を描く。
ゆ さい が か
譯 畫油畫。

➡ 石膏像 石膏像
せっこうぞう

發音 sekko-zo-

這樣用> 石膏像一個／一体
せっこうぞういっ こ いったい
譯 一個石膏像

簡單句) 石膏像を作る。
せっこうぞう つく
譯 做石膏像。

➡ 額縁 畫框
がくぶち

發音 gakubuchi

這樣用> 額縁一枚
がくぶちいちまい
譯 一個畫框

簡單句) 写真に額縁をつけ
しゃしん がくぶち
る。
譯 把照片放進畫
框。

➡ 陶器 陶器
とう き

發音 to-ki

這樣用> 陶器一点
とう き いってん
譯 一件陶器

簡單句) 陶器を割る。
とう き わ
譯 弄破陶器。

➡ 書道 書法
しょどう

發音 shodo-

這樣用> 書道の授業
しょどう じゅぎょう
譯 書法課

簡單句) 書道をする。
しょどう
譯 寫書法。

➡ パンフレット
小冊子

發音 panfuretto

這樣用> パンフレット一冊
いっさつ
譯 一本小冊子

簡單句) パンフレットをな
くした。
譯 把小冊子弄丟
了。

→ **音声ガイド**
語音導覽

發音 onse-gaido

這樣用 **音声ガイドはありますか。**
譯 有語音導覽嗎？

簡單句 **音声ガイドが始まる。**
譯 語音導覽開始。

→ **受付** 服務台

發音 uketsuke

這樣用 **博物館の受付**
譯 博物館服務台

簡單句 **受付に聞く。**
譯 問服務台。

→ **記念品ショップ**
紀念品商店

也這樣用 **ミュージアムショップ**

發音 kinenhinshoppu
(myu-jiamushoppu)

這樣用 **記念品ショップ一軒**
譯 一間紀念品商店

簡單句 **記念品ショップでお土産を買った。**
譯 在紀念品商店買了名產。

→ **盆栽** 盆栽
也這樣用 **観葉植物**

發音 bonsai
(kanyo-shokubutsu)

這樣用 **盆栽一鉢**
譯 一盆盆栽

簡單句 **盆栽に水をかける。**
譯 幫盆栽澆水。

→ **警備員** 警衛

發音 ke-biin

這樣用 **警備員三人**
譯 三個警衛

簡單句 **警備員に叱られた。**
譯 被警衛罵了。

→ **防犯カメラ** 監視器

發音 bo-hankamera

這樣用 **防犯カメラ一台**
譯 一台監視器

簡單句 **防犯カメラを見る。**
譯 看監視器。

會話
練習

Let's go! 來看看單字如何實際應用，
讓生活互動更有趣生動。

😊 観光客A　**この博物館の外観は立派ですね。**
譯 這博物館外觀真雄偉呀。

😊 観光客B　**受付で音声ガイドを借りて、パンフレットを取りに行きましょう。**
譯 我們先去服務台那邊租借語音導覽，還
有拿小冊子吧。

😊 観光客A　**見て！そこに陶器が展示されていますよ。**
譯 你看！那邊展示陶器耶。

😊 観光客B　**館内では静かに！**
譯 館內要保持安靜！

😊 観光客A　**石膏像があります〜。**
譯 有石膏像耶。

😊 観光客B　**手で触らないで！**
譯 不可以用手觸摸！

😊 観光客A　**この油彩画は綺麗〜。**
譯 這幅油畫真漂亮。

☺観光客B **ここは撮影と録画禁止！**
　譯 這裡禁止拍照及攝影！

☺観光客B **ここではね、いたるところに防犯カメラ
　　　　が設置されてて、警備員もよくあっちこ
　　　　っち歩いているんですよ。**
　譯 這裡到處都設有監視器，還有警衛也會
　　　時常四處走來走去唷。

☺観光客A **あっ、あそこに記念品ショップがありま
　　　　す。早く見に行きましょう！**
　譯 啊，那邊有紀念商品店，我們趕快過去
　　　看看吧！

ᏮᏮ Unit 09
醫院 びょういん 病院

→ **注射器** ちゅうしゃき 針筒
- 發音 chu-shaki
- 這樣用▷ **注射器一本** ちゅうしゃきいっぽん
  - 譯 一支針筒
- 簡單句▷ **注射器を刺す。** ちゅうしゃきをさす
  - 譯 打針。

→ **看護師** かんごし 護士
- 發音 kangoshi
- 這樣用▷ **看護師一人** かんごしひとり
  - 譯 一個護士
- 簡單句▷ **看護師は病人の世話をしている。** かんごしはびょうにんのせわをしている
  - 譯 護士在照顧病人。

→ **医者** いしゃ 醫生
- 發音 isha
- 這樣用▷ **医者一人** いしゃひとり
  - 譯 一個醫生
- 簡單句▷ **お医者さんを呼んでください。** おいしゃさんをよんでください
  - 譯 請幫我叫醫生。

→ **病人** びょうにん 病人
- 發音 byo-nin
- 這樣用▷ **病人一人** びょうにんひとり
  - 譯 一個病人
- 簡單句▷ **病人を治す。** びょうにんをなおす
  - 譯 治療病人。

→ **ギブス** 石膏
- 發音 gibusu
- 這樣用▷ **ギブスが固まった。** かた
  - 譯 石膏變硬了。
- 簡單句▷ **ギブスを外す。** はず
  - 譯 取下石膏。

→ **聴診器** ちょうしんき 聽診器
- 發音 cho-shinki
- 這樣用▷ **聴診器一つ** ちょうしんきひと
  - 譯 一個聽診器
- 簡單句▷ **聴診器で聴く。** ちょうしんきでき
  - 譯 用聽診器聽。

→ **点滴** てんてき 點滴
- 發音 tenteki
- 這樣用▷ **点滴一つ** てんてきひと
  - 譯 一袋點滴
- 簡單句▷ **点滴を受ける。** てんてきをう
  - 譯 打點滴。

→ **救急室** 急診室

也這樣用 **救急救命室**

發音 kyu-kyu-shitsu
(kyu-kyu-kyu-me-
shitsu)

這樣用 **夜間救急室**
譯 夜間急診室

簡單句 **救急室は年中無
休です。**
譯 急診室是全年無
休的。

→ **妊婦** 孕婦

發音 ninpu

這樣用 **妊婦二人**
譯 兩個孕婦

簡單句 **妊婦をいたわる。**
譯 照顧孕婦。

→ **車椅子** 輪椅

發音 kurumaisu

這樣用 **車椅子一台**
譯 一台輪椅

簡單句 **車椅子に乗る。**
譯 坐輪椅。

→ **松葉杖** 拐杖

發音 matsubazue

這樣用 **松葉杖一本**
譯 一根拐杖

簡單句 **松葉杖をつく。**
譯 拄枴杖。

→ **病床** 病床

也這樣用 **ストレッチ
ャー**

（用ストレッチャー專指可
移動的病床）

發音 byo-sho-
(sutoreccha-)

這樣用 **病床一床**
譯 一張病床

簡單句 **病床に臥す。**
譯 躺在病床上。

會話練習

Let's go! 來看看單字如何實際應用，讓生活互動更有趣生動。

☺友達A 病院の 救急室に来ると、毎回ドキドキします。

譯 每次來到醫院的急診室我都很緊張。

☺友達B なぜですか。

譯 為什麼？

☺友達A 病人が多いからです。車椅子に乗っている人もいるし、松葉杖をついている人もいます。

譯 因為病人很多呀，有坐輪椅的，也有拄拐杖的。

☺友達B それは仕方がないですよ。ここにいる人はほとんど怪我をしていますから。

譯 那也是沒辦法的，因為這裡大多是受傷的人。

☺友達A お医者さんが 注射器で私に注射するのも怖いです。

譯 我也很怕醫生拿針筒幫我打針。

☺友達B もう子供じゃないでしょう。注射なん
か怖くないですよ。

譯 你又不是小孩子，怕什麼打針呀。

☺看護師 田中さん、田中さんいますか。

譯 田中先生，田中先生在嗎？

☺友達B 君を呼んでいますよ。早く入って。

譯 叫你了，趕快進去吧。

☺友達A 今日注射しなくてもいいように祈りま
す。

譯 祈禱今天不要打針。

183

➔ Unit 10
飯店大廳
ロビー

➔ **シャンデリア** 吊燈
発音 shanderia
這樣用 シャンデリア一個（いっこ）
譯 一座吊燈
簡單句 シャンデリアがついている。
譯 掛著吊燈。

➔ **ポーター**
提行李的人
発音 po-ta-
這樣用 ポーター一人（ひとり）
譯 一個提行李的人
簡單句 ポーターを呼（よ）ぶ。
譯 叫提行李的人。

➔ **エレベーター** 電梯
発音 erebe-ta-
這樣用 エレベーター一台（いちだい）
譯 一台電梯
簡單句 エレベーターに乗（の）る。
譯 搭電梯。

➔ **回転ドア**（かいてん） 旋轉門
発音 kaitendoa
這樣用 回転ドア一基（いっき）
譯 一扇旋轉門
簡單句 回転ドアが壊（こわ）れた。
譯 旋轉門壞了。

➔ **消火器**（しょうかき） 滅火器
発音 sho-kaki
這樣用 消火器一つ（ひと）
譯 一個滅火器
簡單句 消火器で火を消（け）す。
譯 用滅火器熄滅火。

➔ **避難経路図**（ひなんけいろず）
逃生路線圖
発音 hinanke-rozu
這樣用 避難経路図一枚（いちまい）
譯 一張逃生路線圖
簡單句 避難経路図がドアに貼（は）ってある。
譯 逃生路線圖貼在門上。

→ 宿泊カード 住宿卡

發音 shukuhakuka-do

這樣用 宿泊カード一枚
譯 一張住宿卡

簡單句 宿泊カードがなく
なった。
譯 住宿卡不見了。

→ 床 地板

發音 yuka

這樣用 床に落ちた。
譯 掉在地上了。

簡單句 床を拭く。
譯 擦地板。

→ チェックインする
辦理住宿

發音 chekkuinsuru

這樣用 ホテルにチェック
インする。
譯 在旅館辦理住
宿。

簡單句 チェックインの時
間を確認する。
譯 確認入房的時
間。

→ 財布 錢包

發音 saifu

這樣用 財布一個
譯 一個錢包

簡單句 財布を盗まれた。
譯 錢包被偷了。

→ カウンター 櫃台
也這樣用 フロントデス
ク

（用フロントデスク時專指
飯店的櫃檯）

發音 kaunta-
(furontodesuku)

這樣用 カウンター一台
譯 一個櫃台

簡單句 カウンターで尋ね
る。
譯 詢問櫃台。

→ フロントスタッフ
接待人員

發音 furontosutaffu

這樣用 フロントスタッフ
一人
譯 一個接待人員

簡單句 フロントスタッフ
に聞く。
譯 問接待人員。

會話練習

Let's go! 來看看單字如何實際應用，讓生活互動更有趣生動。

☺ ポーター こんにちは。お荷物をお運びいたします。回転ドアにお気をつけください。

> 譯 午安，我來幫您提行李。請小心<u>旋轉門</u>。

☺ フロントスタッフ こんにちは。お客様はお泊りでしょうか。

> 譯 午安，請問客人您要住宿嗎？

☺ 観光客B はい。事前に予約してありますが。

> 譯 是的。我們之前已經有預約了。

☺ フロントスタッフ はい、少々お待ちください。ご確認致します。

> 譯 好的，請稍等一下，我幫您做個確認。

☺ フロントスタッフ では、お客様のパスポートを拝見させていただきます。

> 譯 請讓我看看客人您的護照。

☺ 観光客B はい、パスポートです。

> 譯 好，這是我的護照。

☺ 観光客 A ロビーの天井が高いし、シャンデリアはとてもゴージャスですね。

譯 大廳的天花板好高喔，吊燈好華麗呀。

☺ フロントスタッフ こちらは宿泊カードと朝食券でございます。お部屋番号は 2601 でございます。

譯 這是您的住宿卡以及早餐券。房間號碼是 2601。

☺ フロントスタッフ 朝食は一階ロビーの右のレストランをご利用ください。営業時間は朝 7 時から 10 時までです。

譯 早餐請利用 1 樓大廳右手邊的餐廳，營業時間是從早上 7 點到 10 點。

☺ 観光客 B ありがとうございます。

譯 謝謝。

☺ フロントスタッフ お客様、すみません、エレベーターはこちらからどうぞ。

譯 客人不好意思，電梯請往這邊走。

語研力 *J012*
實用日語單字隨行背

作　　者	上杉哲
顧　　問	曾文旭
出版總監	陳逸祺、耿文國
主　　編	陳蕙芳
文字校對	翁芯琍
美術編輯	李依靜
法律顧問	北辰著作權事務所

印　　製	世和印製企業有限公司
初　　版	2024年08月
出　　版	凱信企業集團-凱信企業管理顧問有限公司
電　　話	（02）2773-6566
傳　　真	（02）2778-1033
地　　址	106 台北市大安區忠孝東路四段218之4號12樓
信　　箱	kaihsinbooks@gmail.com

定　　價	新台幣320元／港幣107元
產品內容	1 書

總 經 銷	采舍國際有限公司
地　　址	235 新北市中和區中山路二段366巷10號3樓
電　　話	（02）8245-8786
傳　　真	（02）8245-8718

國家圖書館出版品預行編目資料

實用日語單字隨行背／上杉哲著. -- 初版. -- 臺
北市：凱信企業集團凱信企業管理顧問有限公
司, 2024.08
　面；　公分
ISBN 978-626-7354-53-7(平裝)

1.CST: 日語 2.CST: 詞彙

803.12　　　　　　　　　113008548

凱信企管

用對的方法充實自己，
讓人生變得更美好！

凱信企管

用對的方法充實自己，
讓人生變得更美好！

凱信企管

用對的方法充實自己，
讓人生變得更美好！

凱信企管

用對的方法充實自己，
讓人生變得更美好！